KÄSE MIT TODESFOLGE

DIE EASTWIND-HEXEN

BUCH IV

NOVA NELSON

ISBN: 978-1-959041-14-6

Cover Design © FFS Media LLC

Cover design by Molly Burton at cozycoverdesigns.com

Übersetzung: Anna Drago

Lektorat (Deutsch): Katrin Dolle

Käse mit Todesfolge, Eastwind Hexen #4 / Nova Nelson – Erstausgabe

www.novanelson.com

Kapitel Eins

Der Frühstücksansturm war bereits vorbei und machte Platz für den bevorstehenden Montagsmittagsansturm im Medium Rare, als Deputy Stu Manchester hereinkam. Ich musste fast lachen, weil das freundliche Klingeln über der Tür so gar nicht zu seinem abgekämpften Aussehen passte – das, muss ich sagen, in den letzten sieben Wochen noch abgespannter geworden war.

„Miss Ashcroft", sagte er heiser, rutschte auf einen Hocker an der Theke und rückte dabei seinen schweren Dienstgürtel zurecht. Ich stellte ihm seinen Kaffee und seinen Kirschkuchen hin und wartete. Nachdem er den Zucker hineingerührt und sich den ersten Bissen Kuchen in den Mund geschoben hatte, entspannten sich seine steifen Schultern und er seufzte. Dann tat er genau das, was ich von ihm erwartet hatte.

Er erzählte mir, was los war.

„Immer noch keine Spur vom Gold."

Sollte Eastwinds einziger Deputy mir, der neuen Hexe in der Stadt, einer Hexe, die ein Diner am zwielichtigen Stadtrand betrieb, den Stand der Ermittlungen zu den verschwundenen Goldreserven verraten? Wahrscheinlich nicht. Aber wer sollte ihm deswegen schon böse sein? Sheriff Bloom etwa? Sie war viel zu beschäftigt damit, sich aus einer Lawine von Papierkram herauszuarbeiten, als dass sie ihm hätte vorwerfen können, etwas über den Stand der Ermittlungen ausgeplaudert zu haben. Außerdem, was sollte sie tun? Den einzigen anderen Polizeibeamten der Stadt feuern? Wohl kaum.

„Und keine Verdächtigen?", fragte ich.

Er lachte freudlos. „Nein, im Gegenteil. Zu viele Verdächtige. Es könnte jeder in dieser Stadt sein!" Dann senkte er die Stimme und fügte hinzu: „Na ja, außer Ihnen, Donovan und Grim."

„Schön zu wissen, dass ich einmal nicht zu den Verdächtigen zähle", sagte ich genauso leise. Der Grund, warum Manchester uns drei ausgeschlossen hatte, war etwas, das ich nicht in die Hauptschlagadern von Eastwinds Klatschkanälen gelangen lassen wollte. Es hatte mit einer Begegnung zu tun, über die Stu und ich nie offen gesprochen hatten und die wir in unseren täglichen Gesprächen höchstens andeuteten.

Es ging zurück zu unserer Begegnung in den Deadwoods, als Donovan, Grim und ich der Dürregöttin gefolgt waren, die Eastwind terrorisiert hatte, und Stu sich ein wenig ausgeruht hatte und in seiner Elchgestalt durch den Wald galoppiert war. Obwohl der Deputy auf einer Lichtung innegehalten und uns mit seinem großen, geweihgekrönten Kopf zugenickt hatte, hatten wir uns nicht die Mühe gemacht, uns zu rechtfertigen, und er hatte nicht gefragt ... nicht, dass er das mit Elchlippen überhaupt hätte tun können.

Am nächsten Tag, als er nach seiner Schicht das Medium Rare für seinen üblichen Kaffee und Kuchen betreten hatte, hatte er genickt und „Miss Ashcroft" gesagt und dann schnell hinzugefügt: „Ich glaube, ich verstehe, worum es gestern gegangen ist, und danke, dass Sie sich um diese *Störung* gekümmert haben. Außerdem danke ich im Voraus für Ihre Diskretion.“

Lächerlich, ich weiß. Warum war es Deputy Manchester peinlich, dass er manchmal in Elchgestalt durch die Deadwoods rannte, um Dampf abzulassen? Es war kein Geheimnis, dass er ein Werelch war.

Aber das lag an einer tiefsitzenden Voreingenommenheit. Wenn man es logisch betrachtet, kann es einen nur verwirren, denn es ist keine Sache der Vernunft.

Eastwind hatte, selbst wenn es sich mit Akzeptanz und Gastfreundschaft brüstete, immer noch ein großes Problem mit dem Wandeln. Das hatte wohl mit dem Krieg zwischen den Werwölfen und den Hexen zu tun, als die Stadt gegründet worden war. Infolgedessen gingen alle Werwesen in die Deadwoods, um sich dort auszutoben. Ich vermutete, dass das ein Teil des Grundes war, warum es dort so gefährlich war. Ein kleiner Teil. Es gab dort natürlich noch jede Menge andere seltsame und wilde Kreaturen, die den Wald zu einer Todesfalle machten.

Deputy Manchester musste also, nachdem er uns dummerweise durch das gefährlichste Gebiet von Eastwind hatte streifen sehen, annehmen, dass wir auf seiner Seite waren oder ihm einen Gefallen taten, indem wir uns um das Wesen kümmerten, das der Stadt eine gezielte Dürre beschert hatte. Auf diese Weise konnte er all seine Bemühungen darauf konzentrieren, das Chaos in Erin Park zu beseitigen, das dadurch entstanden war, dass die Dämonin ... Göttin ... was auch immer sie war, den ganzen Alkohol in Sheehan’s Pub getrunken und dafür gesorgt hatte, dass die Rainbow Falls nur noch ein Rinnsal waren. Dadurch waren die Goldreserven der Stadt freigelegt worden und sofort verschwunden.

Seine Annahme war korrekt.

Wenn das dazu führte, dass mein Name von seiner Liste der Verdächtigen gestrichen wurde – wunderbar! Bei all dem Ärger, den dieser Trip verursacht hatte, war ich dankbar für jeden Silberstreif am Horizont, den ich bekommen konnte. Und wenn Stu Manchester so klug war, niemandem zu erzählen, dass ich mit einem unglaublich attraktiven Mann, der *nicht* derjenige war, den ich datete, durch die Deadwoods gewandert war, dann war Stu in meinen Augen in Ordnung. Und ich würde weiter jeden Morgen seinen Kuchen und Kaffee bereithalten, sobald er hereinkam.

„Unter uns", sagte Stu und schob sich ein warmes Stück Kuchen in den Mund, „ich glaube, das Gold ist längst weg. Wahrscheinlich in irgendeinem verbundenen Reich. Alle Goldreserven in Eastwind wären in, sagen wir, Avalon nicht mehr als ein Tropfen auf dem heißen Stein."

„Glauben Sie, dass derjenige, der sie gestohlen hat, auch weg ist?"

Er seufzte. „Das wäre doch sinnvoll, oder? Warum das Geld irgendwohin bringen, wo man es nicht sofort zur Hand hat? Das ist die Spur, der ich nachgegangen bin, aber ich habe nicht gehört, dass jemand zur Zeit des Diebstahls oder direkt danach aus Eastwind weggezogen ist. Ich habe sogar Blanche Bridgewater und die Flufferbum-Brüder gefragt." Er verdrehte die Augen, als wollte er sagen: *Frag lieber nicht.* „Wenn jemand das alltägliche Kommen und Gehen in Eastwind im Auge hat, dann diese beiden."

„Vielleicht haben Sie es mit einem schlaueren Verbrecher zu tun, als Sie denken."

Er runzelte die Stirn, nickte und nippte an seinem kochend heißen Kaffee. „Ja, ich fürchte, so ist es. Wahrscheinlich hat er es versteckt, bis die Ermittlungen sich beruhigen, und dann wird er oder sie eine passende Ausrede finden, um die Stadt zu verlassen. Der Tod eines Verwandten, ein erfundener neuer Job – Sie wissen schon, was in der Art."

Das Glöckchen über der Tür klingelte erneut, und ich blickte auf und sah zwei der letzten Gesichter, die ich heute sehen wollte. Oder genau genommen überhaupt jemals.

Ich war mir nicht ganz sicher, ob Lucent Lovelace und Seamus Shaw hier überhaupt willkommen waren. Wenn jemand es verdient hatte, auf unserer Hausverbotsliste zu stehen, dann diese beiden. Sicherlich hatte jemand – entweder Tanner oder der ehemalige Besitzer Bruce – sie schon lange verbannt.

Soweit ich mich erinnern konnte, hatten sie das Medium Rare noch nie betreten. Ich zweifelte nicht daran, dass sie recht viel Zeit in dem vorwiegend von Werwölfen bewohnten Viertel, in dem das Medium Rare lag, damit verbrachten, Ärger zu machen. Obwohl Lucent immer noch in Hightower Gardens lebte, dem wohlhabendsten Werwolfviertel von Eastwind und dem genauen sozioökonomischen Gegenteil der Außenbezirke.

Ich hatte es in den letzten Monaten geschafft, Seamus Shaw aus dem Weg zu gehen. Das letzte Mal, als ich den Kobold gesehen hatte, hatte er in Sheehan's Pub einen widerlichen Annäherungsversuch unternommen, woraufhin Tanner ihn zurechtgewiesen hatte.

Im Moment wirkte Seamus erstaunlicherweise nicht betrunken, was mich überraschte. In keiner der Klatschgeschichten, die ich täglich von treuen Stammgästen hörte, kam je ein nüchterner Seamus vor. Egal, dass es gerade Montagmittag war. Ich hatte einmal gehört, dass er sich frühmorgens an einem Dienstag mit einer Ente gestritten hatte – einer normalen Ente, keiner Werente. Ich war mir nicht sicher, ob der Satz „Irgendwo ist immer fünf Uhr" in Eastwind bekannt war, aber ob mit oder ohne Worte: Für Seamus war es ein Lebensmotto.

Und seltsamerweise eins, das hier jeder irgendwie tolerierte. Ich fragte mich, ob die Leute das Gefühl hatten, dass sie irgendwann vielleicht doch eine Intervention organisieren sollten.

„Hallo, Schönheit", sagte Seamus und lehnte sich neben Stu an die Theke, während Lucent sich auf der anderen Seite des Deputys positionierte.

Ich versuchte, mir ein Lachen zu verkneifen, als ich sah, dass Seamus kaum groß genug war, um über die Theke zu mir herüberzuschauen. Kobolde waren empfindlich, wenn es um ihre Körpergröße (oder ihren Mangel davon) ging, und ich wollte ihm keinen Grund geben, hier eine Szene zu machen.

Seamus nickte Stu zu. „Tut mir leid, euch zu unterbrechen, Manchester, aber ich hab' gemerkt, dass ihr nicht nach deiner Flirterei zumute ist."

Ich warf Stu, der die Augen verdrehte, einen Blick zu. „Wahrscheinlich, weil ich nicht geflirtet habe, Shaw. Miss Ashcroft hat mich nur nach der laufenden Untersuchung der verschwundenen Goldreserven gefragt."

„Ach ja?", fragte Seamus, sichtlich interessiert. „Kriegst du das nicht allein hin, Deputy? Versuchst wohl, eine Frau dazu zu bringen, dir zu helfen?"

Stu rümpfte die Nase, als hätte er etwas Fauliges gerochen. „Offensichtlich. Ich lasse mir ständig von Frauen helfen. Der Sheriff dieser Stadt ist eine Frau, falls du das vergessen hast. Und die klügste Person, die ich kenne. Miss Ashcroft belegt knapp dahinter den zweiten Platz. Ich wäre bei so ziemlich allem froh, ihre Hilfe zu bekommen."

Obwohl ich das Kompliment schätzte, konnte ich nicht anders, als zu vermuten, dass Stus Bewunderung eher darauf abzielte, Seamus in die Schranken zu weisen, als seine besondere Zuneigung mir gegenüber in Worte zu fassen.

Verstehen Sie mich bitte nicht falsch, ich ließ es mir trotzdem ein wenig zu Kopf steigen.

„Was treibt euch zwei Halunken überhaupt so früh aus dem Bett?", fügte Stu hinzu und wechselte das Thema. „Habt ihr euch vorgenommen, den Tag ausnahmsweise mal früh anzufangen? Ein bisschen was in den Magen bekommen, um das flüssige Abendessen von gestern aufzusaugen?"

Statt sich auf einen verbalen Schlagabtausch mit dem Deputy einzulassen, was nicht unmöglich gewesen wäre, lachte Seamus nur und klopfte Stu auf die Schulter. „Da hast du mich durchschaut, Deputy." Dann griff er in seine Tasche, zog eine kleine Handvoll Kupfermünzen heraus und legte sie auf die Theke. „Stus Essen geht auf mich."

„Was?", sagte Manchester und riss den Kopf zurück, um den Kobold erstaunt anzusehen. „Warum?"

„Für die tolle Arbeit, die du in Erin Park geleistet hast. Alles schön sauber gemacht und die Randalierer davon abgehalten, Sheehan's Pub zu zerstören."

Ach ja, Seamus' zweites Zuhause. Es ergab einen Sinn, dass er es verteidigt wissen wollte. Sie wissen schon, wenn er nicht gerade damit beschäftigt war, darin herumzustolpern, Armlehnen von den Holzstühlen abzubrechen und die Wand-dekorationen herunterzureißen.

Ich beschloss, nicht darauf hinzuweisen, dass Seamus' Name in jeder Geschichte über die Randalierer im Sheehan's vorkam, als es keinen Alkohol gegeben hatte.

„Und jetzt", fuhr Seamus fort, „machen sie morgen nach dem Lunasa-Fest wieder auf, und ich kann zu meinem Alltag zurückkehren. Ich schulde dir was, also, da hast du's." Er nickte in Richtung der Münzen und sah mich dann an. „Tanner sollte besser auf dich aufpassen, sonst schnappt dich noch jemand weg. Und wenn wir Kobolde unsere Finger in eine Frau krallen, denkt sie nie wieder an sowas Langweiliges wie eine Westwindhexe. Wir brauchen keine Zauberstäbe, um Magie zu wirken." Er zwinkerte.

„Igitt", sagte ich, bevor ich mich zurückhalten konnte.

„So spricht man nicht mit einer Frau", sagte Stu und blähte sich fast väterlich auf. „Lass Miss Ashcroft in Ruhe. Höllenhunde, ich nehme eure Bestellung höchstpersönlich auf, wenn's sein muss."

„Griesgram", bemerkte Lucent mit einem Lächeln, das an eine Glasscherbe erinnerte. Doch dann traten der Werwolf und der Kobold von der Theke weg und gingen zu einem Tisch in der Ecke. Da gab es nur ein Problem: Dieser Tisch war bereits besetzt.

„Gehört Ihnen dieser Laden nicht?", fragte Stu.

„Die Hälfte davon."

„Welche Hälfte? Wenn es die vordere Hälfte ist, schlage ich vor, dass Sie diese Nichtsnutze rausschmeißen und ihnen sagen, dass sie nicht wiederkommen sollen. Das Einzige, was ich je an Echo Chambers vernünftig fand, war, dass er Seamus aus der Lyre Lounge verbannt hat. Sie haben jedes Recht dazu –"

Lautes Gebrüll aus dem hinteren Teil des Lokals unterbrach ihn, bevor er seinen Satz beenden konnte.

Wenn Seamus nicht betrunken war, dann musste er high gewesen sein, denn nur jemand, der nicht bei klarem Verstand war, würde so mit einem Sensenmann sprechen, wie er es tat.

Nach allem, was ich über Ted wusste, war er ein Pazifist, und obwohl ich seine unbeholfenen Flirtversuche immer noch nicht sonderlich mochte, wusste ich, dass er ein gutes Herz hatte.

Und *niemand* würde einen meiner treuesten Kunden so behandeln.

Ich riss mir die Schürze ab, warf sie auf die Theke, bereit

einzuschreiten, sollte die Situation in eine Schlägerei ausarten, und stapfte hinüber.

„Aber ich sitze immer hier", sagte Ted ruhig von seinem Platz in der vinylglänzenden roten Nische aus. Sein Buch, das er in aller Ruhe gelesen hatte, bevor Seamus herübergekommen war, lag aufgeklappt auf dem Tisch. Ted wirkte ruhig und gelassen auf jeden, der nicht bemerkte, dass seine behandschuhten Hände die Sichel auf seinem Schoß umklammerten.

„Immer, außer heute", polterte Seamus, der einen Schritt vor Lucent stand, der die Arme verschränkt hatte und mit finsterem Blick stumm über den Kopf des Kobolds hinweg starrte.

„Seamus Shaw", sagte ich und war mit ein paar schnellen Schritten bei ihm. „Es gibt überall freie Tische. Ich schlage vor, ihr nehmt einen davon oder sucht euch einen anderen Ort zum Essen."

Er drehte sich zu mir um und grinste höhnisch, während er mich mit Blicken auszog. „Ah, jetzt verstehe ich. Tanner lässt dich glauben, dass du hier das Sagen hast. Aber ich erkenne ein Mädchen, das ein bisschen Zähmung gebrauchen könnte, wenn ich eins sehe."

Ich öffnete den Mund, um die verdrehte Fantasie in Seamus' Kopf zu zerschmettern, als ich plötzlich eine dunkle Bewegung wahrnahm. Ted stand schnell aus seiner Nische auf, die Sichel noch immer fest in beiden Händen, und schlug das Ende des Griffs auf den Linoleumboden.

Eine Schockwelle breitete sich aus, eine, die ich weder sehen noch hören, aber tief in mir spüren konnte.

Angst. Pure, markerschütternde Angst. Als ob alles, was ich je gefürchtet hatte, direkt hinter mir lauerte und kurz davor war, mich zu packen.

Und dann, mit einem Wimpernschlag, war es vorbei.

Zumindest für mich. Aber offenbar nicht für alle anderen.

Die Handvoll Gäste im Medium Rare sprangen auf und

rannten aus dem Diner, nicht direkt schreiend, sondern mit einem leisen, kehligen Wimmern, das irgendwo zwischen Stöhnen und Schreien lag.

Seamus und Lucent versuchten zwar, ihre Angst zu verbergen, rannten aber ebenfalls los, während das Türglöckchen wie der Alarm einer Feuerwache hin und her schwang und bimmelte, als alle gingen.

Alle, bis auf mich, Ted, Deputy Manchester und … Grim.

Mein Vertrauter schob sich durch die zweiflügelige Tür, die Küche und Gastraum trennte, und schlurfte herüber. Zweifellos hatte er beschlossen, in der Küche neben Antons Füßen zu liegen, in der Hoffnung, dass der Oger-Koch ab und zu ein Stückchen für ihn fallen ließ – mal aus Versehen, mal „aus Versehen". Anton mochte Grim, vermutlich, weil er die Gedanken meines Vertrauten nicht so hören konnte wie ich.

„Was zum jaulenden Jackalope ist gerade passiert? Ich habe mich noch nie so lebendig gefühlt! Das Leben hat sich noch nie so voller unendlicher, wunderschöner Möglichkeiten angefühlt", sagte Grim und kommunizierte telepathisch mit mir, wie er es immer tat.

„Möchtest du das erklären?", sagte Deputy Manchester, während er sich etwas Kirschkompott aus dem Schnurrbart wischte, vom Hocker stieg und sich dem Epizentrum der Schockwelle näherte.

Der Sensenmann neigte seinen vermummten Kopf wie ein ertapptes Kind. „Tut mir leid, Nora. Ich wollte nicht, dass all deine Kunden gehen. Ich werde ihre Rechnungen übernehmen."

„Sie sind eher davongesprintet", sagte ich und winkte ab. „Mach dir keine Sorgen. Du hast dich für mich eingesetzt. Danke. Aber im Ernst, Ted, was war das?"

Er trat unbehaglich von einem Fuß auf den anderen, seine Knochen klapperten. „Nur ein Trick, den ich für die Arbeit gelernt habe. Manchmal, wenn ich komme, um eine Leiche abzuholen, sind alle so traurig und dramatisch, werfen sich auf die Leiche und so weiter, dass ich nicht rankomme. Wenn ich das Ende meiner Sichel auf den Boden schlage ..." Er wollte es demonstrieren, doch ich streckte schnell die Hand aus und packte den Griff, um nicht nochmal diese Welle der Angst zu erleben. Der Griff fühlte sich so abstoßend an, als würde ich eine dicke, eiskalte Schlange halten, dass ich ihn sofort losließ. Ted verstand meine Reaktion. "Oh, entschuldige. Sie hat nicht dieselbe Wirkung auf mich, daher vergesse ich manchmal, wie stark sie sein kann. Jedenfalls – du hast die Wirkung ja gesehen. Sie räumt einen Raum im Nullkommanichts. Hm."

"Ja, das tut sie", sagte ich und zwang mich zu einem Lächeln.

"Hey!", sagte Ted und richtete sich auf. "Ich wette, du könntest das auch, Nora. Es ist schließlich nur Todesmagie! Du bist eine Todeshexe –"

"Hexe des Fünften Windes", korrigierte ich ihn.

"– und ich wette, wenn du eine Sichel hättest –"

"Nein", sagte ich. Meine Finanzen mussten sich immer noch von dem maßgefertigten Zauberstab erholen, den Ezra Ares mir vor einem Monat geliefert hatte (und den ich immer noch nicht zu benutzen gelernt hatte). "Ich bin nicht der Sicheltyp."

"Sag' Ted, ich helfe ihm, seine feuerfesten Vogelhäuschen zu bauen, wenn er nochmal diese Todesmagie anwendet."

"Auf keinen Fall, Grim. Erstens hast du keine opponierbaren Daumen, daher habe ich Zweifel an deinen Fähigkeiten in der Holzbearbeitung. Aber du weißt, wo er wohnt. Du hast meinen Segen, einen Tagesausflug in die Deadwoods zu machen, um Ted zu besuchen, wann immer du willst."

"Du weißt, dass ich dort für eine Weile nicht hingehen kann. Was, wenn der Acher Lake immer noch Niedrigwasser hat? Diese

Höllenhunde würden mir das Fell über die Ohren ziehen. Der einzige Grund, warum ich noch nicht tot bin, ist, dass nichts, absolut nichts, einen Höllenhund davon überzeugen würde, die Sicherheit der Deadwoods zu verlassen."

„Sicherheit" und „Deadwoods" waren nicht unbedingt zwei Begriffe, die ich miteinander in Verbindung bringen würde, aber gut.

„Was, wenn so ein Höllenhund stirbt und als Grim wiedergeboren wird, nur um dann Vertrauter einer Hexe des Fünften Windes zu werden?"

„Okay, in dem Fall vielleicht. Aber sonst eher nicht."

Officer Manchester räusperte sich. „Nun, da es hier schön ruhig ist, Miss Ashcroft, denke ich, dass ich noch ein bisschen bleibe und mir noch ein Stück Kuchen gönne."

„Klar, Stu." Ich wandte mich Ted zu. „Noch einen Kaffee?"

Er ließ sich wieder in seine Nische sinken. „Ja, das wäre wunderbar. Und nochmal, tut mir leid, dass ich ... na ja, du weißt schon, alle verjagt habe."

„Mach dir keine Sorgen", sagte ich. „So habe ich tatsächlich mehr Zeit, an meinem Rezept für morgen zu arbeiten."

Ich nahm die Kaffeekanne und füllte Manchesters Tasse auf, bevor ich zu Ted ging, um dasselbe zu tun.

„Das ist dein erstes Lunasa-Fest in Eastwind, oder?", fragte der Sensenmann.

„In Eastwind und überhaupt."

„Oh, Nora", sagte Ted, und seine trockene Stimme bebte vor Aufregung. „Du wirst dich prächtig amüsieren! Alle werden da sein."

„Gehen Sie hin?", fragte ich Stu.

„Das lasse ich mir nicht entgehen."

Ich servierte ihm noch ein Stück Kuchen und sagte den beiden, dass sie mich rufen sollten, falls sie etwas brauchten, oder sich einfach selbst bedienen – sie wussten ja, wo alles war, und ich wusste, dass beide bezahlen würden, was immer sie nahmen.

Dann schnappte ich mir meine Schürze von der Theke, band sie mir wieder um und ging in die Küche, um an meinem streng geheimen Rezept für den Lunasa-Kochwettbewerb zu arbeiten.

Kapitel Zwei

Es gibt nichts Besseres als heißen, cremigen Queso. Wenn man ihn richtig macht, sind die Maischips vollkommen überflüssig, und man würde ihn am liebsten mit einem Löffel aus dem Topf essen – auch wenn das gesellschaftlich vielleicht nicht ganz akzeptiert ist.

Die möglichen Auswirkungen, Eastwind mit Queso vertraut zu machen, hatte ich mir gründlich überlegt. Ehrlich gesagt, wahrscheinlich intensiver, als ein vernünftiger Mensch es getan hätte. Aber meine Liebe zu guten Chips und Queso bedeutete für mich, dass ich die Verantwortung trug, die beste Vermittlerin zu sein, damit die Stadt den perfekten ersten Eindruck von diesem köstlichen Snack bekam – *viva la queso revolución!*

Wenn Sie nicht aus Texas kommen, verstehen Sie vielleicht nicht, warum ich so viel Aufhebens darum mache. Aber wenn Sie aus Texas sind, kennen Sie dieses Gefühl der sofortigen Entspannung, das Ihren Körper durchströmt, wenn Sie sich den ersten Bissen klebrig-weißen Queso auf einem perfekt gesalzenen Maistortillachip in den Mund schaufeln.

Ehrlich gesagt, fühle ich mich ein bisschen schmutzig, wenn ich nur darüber rede.

Die Zeit war reif, das Licht des geschmolzenen Käses ins magische Reich von Eastwind zu bringen. Und nach allem, was ich gehört hatte, war der jährliche Kochwettbewerb des Lunasa-Fests genau der richtige Moment, um wirklich für Aufsehen zu sorgen.

Ich hatte keinen Zweifel, dass ich haushoch gewinnen würde, und am nächsten Tag würden die Leute bis um den Block herum anstehen (was in den Außenbezirken nicht gerade sicher ist, aber was soll man machen?), um ins Medium Rare zu kommen und den preisgekrönten Snack zu probieren.

Als ich in der Küche des Medium Rare über dem großen Kessel lehnte, rührte ich den geschmolzenen Käse um, streute eine Prise Chilipulver und das frische Pico de Gallo hinzu und achtete darauf, dass der Käse nicht anbrannte. Da hörte ich, wie jemand durch die Hintertür hereinkam. Ich wusste sofort, wer es war. Tanner war vor einer Stunde losgegangen, um mehr Speck vom Metzger zu holen, und ich hatte mir gedacht, dass er, sobald er zurückkäme, versuchen würde, zu kosten.

Dann hörte ich, wie die Hintertür wieder auf- und zuging, und fünf Minuten später kam er zurück und tat genau das, was ich erwartet hatte: Er kam direkt auf mich zu.

Als ich seine Schritte hörte, fragte ich: „Hast du was vergessen?"

„Was meinst du?"

Ich warf ihm einen Blick über die Schulter zu. Mein Gott, Gaia, war er eine Augenweide! „Du bist reingekommen, dann wieder rausgegangen, und jetzt wieder zurückgekommen. Hast du was vergessen?"

Er schüttelte den Kopf und biss sich auf die Unterlippe. „Nein. Bin gerade erst zurück und gleich hergekommen, um deinen Queso zu kosten. Warum?"

Ich winkte ab. „Schon gut." Ich wandte meine Aufmerksamkeit wieder dem Queso zu, und als ein Arm über meine Schulter nach dem Kessel griff, schlug ich ihn weg.

„Im Ernst, Tanner. Du kannst ihn beim Fest kosten. Wenn du jetzt deinen Finger da reinsteckst, verbrühst du ihn dir nur."

Er zog den Arm zurück und ließ die Hände an meinen Seiten entlanggleiten, während er sich an mich schmiegte. „Aber er riecht so gut. Du hast mich die ganze Woche damit auf die Folter gespannt."

Ich klopfte den Löffel sauber und legte ihn beiseite, bevor ich mich zu ihm umdrehte. Einen Moment lang stockte mir der Atem. Wir waren offiziell seit zwei Monaten zusammen, aber trotzdem konnte ich kaum glauben, dass dieser Mann *auf mich* stand.

Normalerweise, wenn ich diesen Gedanken im Medium Rare hatte, folgte direkt darauf: *und er ist auch mein Boss.* Kurz danach kam dann: *und ich bin sein Boss. Und sein Geschäftspartner.*

Ja, es ist verworren. Aber persönliche Rechtfertigungen, um verdammt nochmal zu tun, was immer uns gefällt, sind normalerweise erlaubt.

Kurz gesagt, ich arbeitete als Kellnerin im Medium Rare, und Tanner war mein Manager. Doch wir waren auch beide Eigentümer des Ladens.

Es schadete nicht, dass die sozialen Erwartungen in Eastwind eher locker waren, wenn es darum ging, wer mit wem zusammen war – wohl, weil es eine Kleinstadt war und die Möglichkeiten begrenzt waren.

Oder zumindest waren sie theoretisch begrenzt.

Aber ich war erst seit einem halben Jahr in der Stadt, und in Sachen Dating wurde es schon kompliziert.

Nein. Streichen Sie das. Es war nicht kompliziert. Es war ganz einfach.

Ich war mit Tanner zusammen.

Donovan Stringfellow war kompliziert, aber ich war nicht mit ihm zusammen und würde es auch nie sein. Das hatte ich hinter mir gelassen, als ich Tanner mitten im Medium Rare geküsst hatte. Mein Hemd war blutdurchtränkt gewesen, meine Haare zerzaust vom Kampf gegen einen bösen Geist in den Deadwoods ... und Donovan hatte seine Finger darin vergraben, als er mich geküsst hatte.

Nein. Ich denke nicht weiter darüber nach. Es war ein Fehler. Ein Fehler, weil unser Urteilsvermögen durch das Verbindungsritual, das er und ich kurz zuvor vollzogen hatten, vernebelt gewesen war.

Tanner nutzte seinen Status als mein Freund aus, senkte den Kopf und presste seine Lippen auf meine. Ich versuchte, mich zu konzentrieren und mir nicht wie ein kompletter Idiot vorzukommen. Dann stieß ich ihn sanft von mir weg. „Der Queso wird anbrennen, wenn du mich weiter ablenkst, und dann ist unser Plan zur Herrschaft über das Reich dahin.“

„Mmm ...“, sagte er, die Augen halb geschlossen vor Lust. „König und Königin aller Diner. Klingt verdammt gut.“ Er streckte sich, stöhnte dabei und lehnte sich dann an die Theke neben dem Kessel, wo er mich beobachtete. „Bevor ich es vergesse: Gibt es einen Grund, warum Anton nirgendwo zu finden ist und es kurz nach Mittag ist, aber die einzigen beiden Leute im Gastraum Stu und Ted sind?“

„Ja. Es gibt einen Grund.“

„Möchtest du näher darauf eingehen?“

„Nein, nicht wirklich.“

Er grunzte. „Okay, ich versuche es nochmal. Würdest du das bitte näher erläutern?“

Ich zuckte mit den Schultern und kratzte die Ränder des Kessels ab, wo der Käse zu kleben begann. „Seamus kam rein und war ganz Seamus, und Ted hatte genug und schlug mit seiner Sichel auf den Boden, was alle in Todesangst davonlaufen ließ."

„Oh", sagte Tanner. „Hm. Verstehe." Nach einem Moment stillen Nickens fügte er hinzu: „Also, Seamus hat hier definitiv Hausverbot."

„Keine Einwände meinerseits."

Ich klopfte mit dem Löffel an die Seite des Kessels und drehte mich zu ihm um. Er rieb sich das Kinn und starrte ins Leere, während er sagte: „Ich verstehe nicht, warum er nicht schon früher Hausverbot bekommen hat."

„Ja, ich auch nicht. Aber mach dir keine Sorgen. Es ist nichts Schlimmes passiert. Und das Gute daran ist, dass wir jetzt ein bisschen Zeit für uns allein haben." Ich warf ihm einen koketten Blick zu und stellte die Hitze unter dem Kessel ab.

Ein verführerisches schiefes Grinsen zupfte an seinen Mundwinkeln. „Morgen haben wir sowieso jede Menge Zeit für uns allein. Nach dem Fest, meine ich."

„Wann hast du das letzte Mal das Medium Rare für einen ganzen Tag geschlossen?", fragte ich.

Er dachte darüber nach, kniff die Augen zusammen und starrte an die Decke, während er sich mit der Hand von hinten nach vorn über den Kopf fuhr. „Ich glaube, das war, als wir Bruce' Leiche gefunden haben."

Oh, richtig, das. „Das war der Tag, an dem wir uns kennengelernt haben", sagte ich.

„Werd' jetzt nicht sentimental, Nora Ashcroft."

„Oh ja, dieser wunderbare Tag, an dem ich gestorben und in ein neues Reich übergetreten bin, herausfand, dass es Werwölfe gibt, als ich einen ermordeten Werwolf fand, des Mordes an besagtem Werwolf beschuldigt wurde, entdeckte, dass ich eigentlich eine Hexe bin, und der Geist des ermordeten Werwolfs mich heimsuchte. Ein Tag, den ich gern immer und immer wieder erleben würde."

Sein halbes Grinsen breitete sich aus. Er liebte es, wenn ich schlagfertig war. „Wie gesagt, werd' nicht sentimental."

Er stieß sich von der Theke ab und kam kurz darauf mit zwei Eiern und einer Bratpfanne zurück. Perfekt. Ich könnte einen Snack vertragen.

„Medium gebraten?", fragte er, bevor er den Herd einschaltete.

„Das weißt du doch."

„Der Hohe Rat wird deinen Queso lieben, Nora. Ich garantiere, dass wir gewinnen werden."

Die Juroren des Lunasa-Kochwettbewerbs waren der Hohe Rat von Eastwind – die Leute, die die Stadt regierten oder zumindest wollten, dass alle das *glaubten*. Ich war seit Monaten hier und hatte nur zwei der sieben Ratsmitglieder persönlich getroffen. War ich ein bisschen gestresst, weil der Queso perfekt sein sollte und ich einen guten ersten Eindruck hinterlassen wollte?

Nein ... überhaupt nicht.

Aber im Ernst, Graf Sebastian Malavic, ein Vampir, der sich mit seiner Überlegenheit und seinem frustrierend sexy osteuropäischen Akzent so aufführte, als gehörte ihm die Welt und jeder darin, war der Stadtkämmerer und hatte einen Sitz im Rat. Also ja, es wäre ein ziemlicher Triumph, ihn dazu zu bringen, zuzugeben, dass mein Beitrag der beste war.

Normalerweise meide ich Wettbewerbe, weil ich nicht so ehrgeizig bin, aber bei diesem hier war ich voll dabei und würde mich mit nichts weniger zufriedengeben als einer einstimmigen Entscheidung, dass meine Chips und mein Queso das Beste sind, was Eastwind seit Langem passiert ist.

Also, okay, gut. Ich *war* ein bisschen ehrgeizig. Vielleicht musste ich mich sogar schonmal als „rücksichtslos" bezeichnen lassen. Aber das musste Tanner nicht wissen.

„Wenn du wirklich gewinnen willst, solltest du ihnen vielleicht ein bisschen schmeicheln", meinte er neben mir, als hätte er meine Gedanken gelesen.

„Kein Problem. Ich bin großartig im Schmeicheln."

Er drehte sich zu mir um und zog eine Augenbraue hoch. „Wirklich? Du wirkst eher wie der Typ ‚Ich mache es auf meine Art, ob es dir gefällt oder nicht'."

„Ich nehme das als Kompliment. Und du hast recht. Ich habe nicht gesagt, dass ich gern schmeichle, ich habe nur gesagt, dass ich gut darin bin. Wie, glaubst du, habe ich mein Geld in einer Branche verdient, in der es jede Menge reiche Leute gibt, die denken, dass sie deshalb besser sind als alle anderen? Schmeicheln, schmeicheln, schmeicheln. Und vielleicht ein bisschen Alkohol."

„Ah, das gute alte Einschleimen und Trinken. Über den letzten Teil musst du dir beim Lunasa-Fest keine Sorgen machen. Wenn dieses Jahr auch nur annähernd wie die Jahre zuvor ist, hat der Rat das mit dem Alkohol schon selbst geregelt. Es ist einer der wenigen Tage im Jahr, an dem sie die Sau rauslassen und wie normale Leute auftreten und nicht wie die hochnäsigen Herrscher von Eastwind. Sie mögen sich die meiste Zeit auf dem Podest sehen, aber sogar sie wollen mal aus sich raus. Pass nur auf Liberty Freeman auf, wenn er ein paar Gläser Met intus hat."

Ich hatte Liberty, den Dschinn im Rat, noch nie getroffen, aber ich hatte gute Geschichten über ihn gehört. „Was passiert, wenn er trinkt?"

Tanner bewegte die Bratpfanne, damit die Eier nicht anbrannten. „Er umarmt gern ein bisschen zu fest. Du solltest tief Luft holen, bevor er dich packt, und dann langsam ausatmen, bis die Umarmung vorbei ist. Wenn du das verpasst, schnappst du nach Luft, und das Leben zieht dir förmlich am inneren Auge vorbei, bis er loslässt."

„Wow. Sogar Umarmungen sind in dieser Stadt tödlich.

Danke für einen weiteren Überlebenstipp, von dem ich nicht wusste, dass ich ihn brauche."

Ich wartete, bis Tanner mir den Rücken zukehrte, um mir heimlich einen Löffel zu nehmen und den Queso zu probieren. Er war perfekt. „Wie ging nochmal der Zauber?"

Tanner richtete die Eier für uns an. „Welcher Zauber?"

„Der, den du mir neulich gezeigt hast – mit dem man das Essen sofort auf die richtige Temperatur aufwärmt?"

„Oh. Der ist ziemlich kompliziert. Soll ich ihn dir zeigen, damit du ihn selbst kannst, oder –"

Ich winkte ab. „Mach du's einfach. Ich kann ihn ein andermal lernen."

„Du meinst, du fragst Oliver, ob er ihn dir beibringt?", fragte er beiläufig, aber ich kannte diesen Unterton.

Egal, wie oft ich ihm erklärte, dass Oliver Bridgewater nur mein Tutor und nichts weiter war, ließ sich Tanners Anflug von Eifersucht nie ganz vertreiben, wenn unser Unterricht zur Sprache kam.

„Nein", sagte ich, „ich meine, du kannst ihn mir später beibringen. Oliver bringt mir noch keine praktischen Dinge bei. Es geht bisher nur um Zauberbücher und Diskussionen."

Die Spannung in Tanners Schultern ließ nach. „Ach ja, er ist ein ziemlich langweiliger Hexenmeister." Er zog sein Hemd hinten hoch, nahm seinen Zauberstab aus dem Hosenbund und schwenkte ihn in Richtung des Queso. Es war ein Zauber, den er schon millionenfach gesprochen hatte, da er so viele Jahre in einem Restaurant gearbeitet hatte, und er ließ es mühelos aussehen – Augen offen, kein Murmeln von Beschwörungsformeln, wie ich es noch tun musste. Oliver hatte mir erklärt, dass das wie Muskelgedächtnis funktionierte, nur mit einem Zauberstab. Wenn eine Hexe einen Zauber oft genug wirkte, konnte sie ihn schließlich sogar ohne Zauberstab ausführen. Ich hatte Ruby, meine Vermieterin und ebenfalls eine Hexe des Fünften Windes, bereits einige Male Zauber ohne Zauberstab wirken sehen, doch bis Oliver es mir erklärt hatte, war mir nicht bewusst gewesen, wie mächtig sie damit sein konnte. Ich überlegte mir jetzt zweimal, ob ich schmutziges Geschirr in der Spüle stehen ließ.

„Eines Tages", sagte ich, als der Zauber beendet war und ich den Deckel auf den Kessel legte, „werde ich keine größtenteils nutzlose Hexe mehr sein."

„Wovon redest du?", sagte er und riss die Augen auf. „Du bist die nützlichste Hexe, die ich kenne." Er trat näher und senkte die Stimme. „Oder zumindest fallen mir eine Menge Verwendungsmöglichkeiten für dich ein."

Er flirtete, aber ich fühlte mich zu ehrgeizig und zugleich zu nutzlos, um darauf einzugehen. Keine gute Kombination, um in Stimmung zu kommen.

Er bemerkte sofort, dass ich nicht mitspielen wollte, und zog sich etwas zurück. „Du bist eben noch neu, Nora. Du musst dir Zeit lassen."

„Ja, ja."

Er reichte mir den Teller mit meinem Spiegelei, und ich nahm eine Gabel, stach hinein und ließ das Eigelb laufen.

„Vielleicht ist es an der Zeit, dass du Evangeline kennenlernst", sagte er. „Sie ist viel neuer als du und vermutlich noch weniger fortgeschritten in Magie. Ich wette, sie würde sich freuen, eine andere Anfängerin zu treffen."

Da war was Wahres dran.

Evangeline Moody war vor ein paar Wochen nach Eastwind gekommen. Oder zumindest hatte ich damals zum ersten Mal von ihr gehört. Sie hatte mir den Titel der neuesten Einwohnerin von Eastwind abgenommen, und ehrlich gesagt war ich froh, ihn loszusein. Anscheinend stammte sie auch aus meiner Welt, und man könnte meinen, ich wäre daran interessiert, sie aufzusuchen und nach den neuesten Nachrichten zu fragen.

Aber überraschenderweise war es mir egal. Nicht nur das – ich wollte die alte Welt komplett vergessen. Sie hatte mir nicht gutgetan, und ich war dort nicht die beste Version meiner selbst gewesen. Eastwind war meine Chance, mich neu zu erfinden, und das tat ich. Alles, was meine alte Welt mir eingebracht hatte, war der Verlust meiner Eltern, ein Haufen Stress, viel Geld und niemanden, mit dem ich es hätte ausgeben können, und ein vorzeitiger Tod.

Kann man mir verdenken, dass ich so tun wollte, als existierte sie nicht?

Vielleicht war ich egoistisch. Vielleicht war ihr Leben besser gewesen, bevor sie hierhergekommen war. Vielleicht vermisste sie unsere Welt und hätte gern jemanden, mit dem sie darüber reden konnte. Ich hatte nicht einmal versucht, das herauszufinden, da ich Fluke Mountain, wo sie in einer der Hütten von Darius Pine lebte, seit Wochen gemieden hatte.

Jetzt hatte ich jedoch keine Ausrede mehr, denn das Lunasa-Fest fand dort statt.

„Du hast recht", sagte ich. „Ich wette, sie hätte nichts dagegen, einen anderen Neuling kennenzulernen. Ich werde mich morgen auf jeden Fall vorstellen. Aber zuerst habe ich vor, Franco's Pizza beim Kochwettbewerb die Hosen auszuziehen." Ich stahl mir schnell einen Kuss von ihm, bevor ich mein Ei aufaß.

Dann hörte ich das Knirschen.

Zuerst konnte ich das Geräusch nicht einordnen. Es klang, als würde jemand über trockene Blätter auf den Regalen hinter mir trampeln. Dann machte es plötzlich Klick.

„Fänge und Klauen! Grim!" Ich rannte zur Quelle des Geräuschs und fand genau das, was ich erwartet hatte: meinen großen, flauschigen Vertrauten, dessen Kopf in einer Tüte

Maischips steckte, die ich tagelang mühsam von Hand hergestellt hatte.

Obwohl wir telepathisch kommunizieren konnten und er auch meine Sprache verstand, verfiel ich in das, was ich immer tat, wenn ich ein Tier an einem Ort erwischte, an dem es nichts zu suchen hatte. Ich rief: „Hey!", und klatschte so laut ich konnte in die Hände.

Es funktionierte.

Er riss den Kopf aus der Tüte und wich ein paar Schritte zurück, seine großen, erschrockenen Augen hefteten sich auf mich, während er die Ohren flach an den Kopf anlegte.

„Böser Hund!"

„*Das sage ich dir doch immer!*", bemerkte er und leckte sich unauffällig das Salz von den Lefzen.

Dann blickte er wieder auf die Tüte.

„*Oh nein, das wirst du nicht*", warnte ich Grim.

„*Schau mich nicht so an. Du bist diejenige, die mich heute nicht gefüttert hat.*"

„*Und wie ich dich gefüttert habe! Du hast zwei Spiegeleier bekommen, als wir hier angekommen sind. Tatsächlich habe ich dich sogar gefüttert, bevor ich selbst was gegessen habe.*"

„*Eier zählen nicht.*"

„*Und wer weiß, wie viel Anton dir vom Grill gegeben hat. Du bist verwöhnt. Das ist das Problem. Für dich ist es Speck und Steak oder nichts, nicht wahr?*"

Er ließ seinen breiten Hintern auf den Fliesenboden sinken. „*Schön, dass du es endlich verstehst.*"

„Was ist hier –" Tanner kam um die Ecke und holte scharf Luft, als er die Szene sah. „Hat Grim das etwa gemacht?"

„Natürlich hat er das."

„Hast du vergessen, ihn zu füttern?"

„Was? Nein! Ich habe ihm zwei Eier gegeben, und er hat den ganzen Tag bei Anton genascht!"

Tanner neigte langsam den Kopf und runzelte entschuldigend die Stirn. „Oh. Aber Nora, du weißt, dass Grim seinen Speck braucht." Er drehte sich zu meinem Vertrauten um und ging in die Hocke. „Stimmt's, Großer?"

Grim trabte herüber, um seine Streicheleinheiten abzuholen, und während die beiden ihr seltsames Ritual vollführten, bei dem Tanner leise Lob murmelte und Grim unangemessen stöhnte (was nur ich hören konnte), machte ich eine Aufnahme meines verbliebenen Bestandes.

Zum Glück hatte Grim sich nur über eine Tüte hergemacht. Ich hatte noch drei weitere, jede so groß wie ein typischer Müllbeutel. Sollte ich die Chips retten, die noch in der Tüte waren, die er irgendwie geöffnet hatte? Wahrscheinlich nicht die beste Idee in Sachen Lebensmittelsicherheit.

Ich seufzte und stemmte die Hände in die Hüften. Nein, ich würde sie einfach wegwerfen und die anderen drei verwenden. Das bedeutete allerdings, dass ich neue Chips für das Medium Rare machen musste, wenn ich übermorgen das Gericht anbieten wollte.

„*Süßes Baby-Jackalope*", brummte Grim, und ich blickte hinüber. Er lag auf dem Rücken und trat wild mit einem seiner Hinterbeine, wie bei jedem Bauchkraulen. „*Woher kennt er all meine Lieblingsstellen?!*"

„Oh heilige Geister", sagte ich und wandte den Blick ab. „Hör bitte auf, Tanner. Du kannst ihn nicht auch noch für sein schlechtes Benehmen belohnen."

„Ja, du hast wahrscheinlich recht." Tanner hielt inne und stand auf. „Jedenfalls, jemand sollte vielleicht mal nach Stu und Ted sehen. Wie wäre es, wenn du früher Schluss machst und, ähm, keine Ahnung, shoppen gehst oder so?" Er hatte offensichtlich keine Ahnung, was Frauen in ihrer Freizeit so trieben, aber, um ehrlich zu sein, wusste ich es auch nicht. „Ich stelle deinen Queso in den Gefrierschrank und kümmere mich um das Diner, bis Jane und Bryant kommen."

„Klingt gut." Alles außer dem Shopping-Teil.

Nach einem weiteren gestohlenen Kuss sagte ich Grim, dass es Zeit war zu gehen, und machte mich auf den Rückweg zu Rubys Haus, in freudiger Erwartung einer magischen Dusche, heißen Tees, hoffentlich einer kleinen Lektion von Ruby, gefolgt von einer ganzen Nacht Schlaf vor dem großen Tag.

Ich hatte vielleicht nicht die Art von Magie, die jemanden in Eastwind beeindrucken konnte, aber, verdammt, ich hatte Queso. Und das war mehr als genug, da war ich mir sicher.

Kapitel Drei

Die Temperatur fiel über Nacht um mehrere Grad und machte den Augustmorgen des Fests perfekt für Aktivitäten im Freien. Fast zu perfekt – als ob ein wenig Magie das Wetter beeinflusst hätte. Aber konnte Magie das Wetter kontrollieren? Während einer meiner privaten Lektionen mit Oliver, die ich jetzt dreimal pro Woche über mich ergehen ließ, hatte er etwas über Nordwindhexen erwähnt, die das Wetter beeinflussen konnten. Da es viele davon in der Stadt gab, hatten sie vielleicht ein Verbindungsritual durchgeführt, um ihre Kräfte zu bündeln.

Taten Hexen sowas tatsächlich? Führten sie einfach Verbindungsrituale mit jedem durch, der greifbar war? Nach dem Ritual, das ich mit Donovan erlebt hatte, und den seltsamen Gefühlen, die danach in mir aufgekommen waren, zweifelte ich daran.

Ich bin sicher nicht prüde, aber eine solche Verbindung mit jeder beliebigen Hexe einzugehen, schien mir, magisch gesehen, ein wenig promiskuitiv.

Grim und ich warteten auf Rubys Veranda auf Tanner – ich auf der Schaukel, Grim schon wieder schlafend, obwohl er erst vor einer halben Stunde aufgewacht war. Ich winkte einigen vorbeigehenden vertrauten Gesichtern zu und war überrascht, wie viele ich inzwischen kannte. Ich lernte diese Stadt tatsächlich recht gut kennen. Sicher, ich kannte wahrscheinlich nur die Hälfte der Leute, aber die Quote war deutlich besser als in Austin, einer Stadt mit über einer Million Einwohnern.

Rubys Haus lag nicht weit vom Fulcrum Park im Stadtzentrum entfernt, was bedeutete, dass viele Einwohner auf dem Weg zum Fluke Mountain durch unsere Straße kamen. Und genau dorthin waren heute alle unterwegs, wie der stetige Strom der Quelle von Eastwind, die unter der Stadt floss.

Dann kam Tanner. Ich spürte ihn, bevor ich ihn sah. Eine große Holzkiste schwebte vor ihm her – vermutlich unser Beitrag zum Kochwettbewerb.

Ich stupste Grim mit der Spitze meines Stiefels wach und eilte die Stufen hinunter, um Tanner zu begrüßen.

„Bereit für den großen Tag, meine Königin?"

Ich zuckte zusammen. „Deine was?" So ein Paar waren wir wirklich nicht.

„Äh, wir haben doch gestern über die Idee gesprochen, König und Königin aller Diners zu werden."

„Oh! Stimmt, das. Ja, das klingt jetzt viel weniger seltsam." Ich spielte mit und machte einen Knicks. „Ja, mein König."

Jetzt war er an der Reihe, zusammenzuzucken. „Äh, der Moment ist irgendwie vorbei."

„Auf jeden Fall."

„Grim!", rief Tanner an mir vorbei. „Komm schon. Wenn du dich nicht beeilst, verpasst du alle Reste vom Kochwettbewerb."

„Hör auf zu schreien. Ich habe letzte Nacht kaum geschlafen."

Ich verdrehte die Augen. *„Du hast mehr geschlafen als ich. Vielleicht sogar doppelt so viel."*

„Nur weil ich die Augen geschlossen habe und mich nicht bewege, heißt das nicht, dass ich schlafe.“

„Und das Wimmern und das Zucken deiner Beine? Das hast du auch nicht im Schlaf gemacht?“

„Okay, vielleicht habe ich ein bisschen geschlafen. Aber kaum genug.“

Als Grim von der Veranda heruntertrottete, hörte ich zu meiner Linken eine vertraute Stimme: „Morgen, Miss Ashcroft.“ Ich drehte mich um und sah Deputy Stu Manchester die Straßen hinauf schlendern, ein halb aufgegessenes Käseplunderteilchen in der Hand. Er trug keine Uniform, und das überraschte mich. Ich hatte ihn noch nie ohne seine Uniform gesehen (außer, als er in den Deadwoods als Elch unterwegs gewesen war). Ohne es zu bemerken, hatte ich wohl angenommen, er würde sogar darin schlafen – mit Stiefeln und allem Drum und Dran.

Aber hier stand er in einem hellblau-violett karierten Hemd und einer marineblauen Hose. Wäre da nicht sein markanter Raupenschnurrbart und die Tatsache, dass er der Einzige in der Stadt war, der mich „Miss Ashcroft“ nannte, hätte ich ihn vielleicht nicht erkannt.

„Morgen, Deputy.“

Er winkte ab. „Heute nicht. Nennen Sie mich einfach Stu, bitte.“

„Nur, wenn Sie mich Nora nennen.“

Er biss ein weiteres Stück Gebäck ab, und als er den Rest sinken ließ, klebte ein winziges Stück Zuckerguss an seinem Schnurrbart. „Also gut. Nora.“ Er wandte sich an Tanner und deutete auf die große Holzkiste, die vor uns schwebte. „Was hast du da?“

„Einen Haufen illegaler Sachen“, antwortete Tanner.

Stu zuckte die Achseln. „Nur zu. Das ist der einzige Tag im Jahr, an dem ich mir keine Gedanken machen muss.“

Er schloss sich uns an, als wir uns mit dem Strom der Menge in Richtung Fluke Mountain bewegten. „Ist Sheriff Bloom heute die Einzige im Dienst?", fragte ich. Ich wunderte mich wirklich, wie eine zweiköpfige Polizeitruppe eine ganze Stadt abdecken konnte, aber es erklärte auch, warum so oft ich die Detektivarbeit übernahm. Und irgendwie ergab das auch einen Sinn – die Gemeinde wurde dadurch quasi zu ihrer eigenen Polizei, anstatt sich darauf zu verlassen, dass jemand anderes den ganzen Dreck wegräumte. Zumindest in der Theorie. In der Praxis gab es jede Menge Dreck, von dem die Leute erwarteten, dass jemand anderes ihn wegräumte.

„Nein", sagte er. „Sheriff Bloom hat auch heute frei."

Ich blieb stehen. „Was? Wollen Sie damit sagen, dass das ganze Sheriff-Department heute freihat?"

Auch Stu und Tanner blieben stehen, und Grim, der wohl durch die „nur" neunzehn Stunden Schlaf der letzten Nacht etwas langsam war, schloss zu uns auf. „Ja", sagte Stu. „Es ist nicht so schlimm, wie es sich anhört. Zum einen können die Goldreserven nicht noch mehr gestohlen werden, und außerdem ist die ganze Stadt sowieso beim Lunasa-Fest versammelt. Wir haben alle im Blick. Ein Gesetzeshüter hat schließlich nie *wirklich* frei."

„Aber jemand könnte einfach in einen der leeren Läden spazieren und nach Lust und Laune stehlen, weil er weiß, dass alle auf dem Berg sind."

Stu und Tanner tauschten geduldige Blicke, und der Deputy sagte: „Wenn Sie wüssten, welche Schutzzauber der Zirkel für Lunasa über die Stadt legt, würden Sie sich darüber keine Sorgen machen."

Wir gingen weiter, während ich darüber nachdachte. „Warum legt der Zirkel nicht einfach ständig Schutzzauber über die Stadt?"

„Furchtbar unpraktisch", antwortete Stu mit vollem

Mund. „Zum einen hält ein so mächtiger Zauber über einem so großen Gebiet nicht lange. Der Zirkel müsste seine kostbare Zeit immer wieder auf Schutzzauber verwenden, und wir alle wissen, dass sie sich die Mühe nicht machen würden. Außerdem würden diese Zauber den Handel ruinieren. Der Schutzzauber ist eigentlich eine Mischung aus verschiedenen Zaubern – ein paar Verwirrungszauber und Abwehrzauber, um Leute von Geschäften und Häusern fernzuhalten, die nicht ihr Zeichen tragen. Das ist nicht gut fürs Geschäft."

„Ihr Zeichen?", fragte ich. Soweit ich wusste, war mein Haus oder Geschäft mit keinem Zeichen versehen.

Tanner schien das Unverständnis in meinem Gesicht zu bemerken und beruhigte mich. „Keine Sorge, das Zeichen wurde am Medium Rare angebracht, als du den Vertrag für den Teilbesitz unterschrieben hast."

„Ah."

„Mrs. Timberhelm!", rief Stu und winkte Janet Timberhelm zu, einer der größten Klatschtanten der Stadt und der einzige andere Werelch, den ich kannte.

Als der Deputy uns verließ, nahm Grim seinen Platz neben mir ein. *„Erinnerst du dich daran, dass ich versprochen habe, dass Geheimnisse, die in den Deadwoods geschmiedet werden, auch in den Deadwoods bleiben?"*

Ich sah langsam zu ihm hinunter, aber er blickte starr geradeaus. Mir gefiel jetzt schon nicht, wohin das führte. *„Ja, ich erinnere mich, dass du das versprochen hast."*

„Nur damit du es weißt: Ich halte meinen Teil der Abmachung ein – aber ich bin mir nicht sicher, ob alle anderen das auch tun."

Mein Magen drehte sich. Meinte er Donovan? Erzählte er allen von diesem ersten Kuss? Oder von diesem anderen Kuss? Oder davon, dass ich vollkommen übermütig ein dunkles Wesen gechannelt hatte und fast die Kontrolle verloren hätte? Oder wie offensichtlich es war, dass ich gelogen hatte, als ich sagte, wenn ich nicht mit Tanner zusammen wäre …

Ich zog die Notbremse des verrückten Zugs, bevor er Fahrt aufnahm. *„Was meinst du?"*

„Das Heulen", sagte Grim. *„Es sind die Höllenhunde."*

„Was für ein Heulen?"

„Guter Golem, hörst du nie zu, Frau?", brummelte er.

„Grim, im Ernst, wovon redest du?"

„Ich habe es gestern im Medium Rare gehört, als wir gegangen sind, aber ich dachte, es käme nur aus den Deadwoods und habe mir deswegen keine Sorgen gemacht. Schließlich verlassen Höllenhunde die Deadwoods nie."

Ich zermarterte mir das Gehirn, aber ich erinnerte mich nicht, Heulen gehört zu haben, als ich am Tag zuvor von der Arbeit gegangen war. *„Ich habe nichts gehört."*

„Es war leise, sogar dort. Vielleicht haben deine nutzlosen Hexenohren es einfach nicht wahrgenommen."

Ich ignorierte die Beleidigung – meine Ohren waren im Vergleich zu seinen tatsächlich nutzlos. *„Ist es immer noch schwach?"*

„Ja. Schwach, aber beharrlich. Und aufgeregt. Es klingt, als würden sie speziell mit mir reden oder mich herausfordern."

„Woher weißt du das? Ich dachte, du hättest keinen Namen gehabt, bevor du die Deadwoods verlassen hast."

„Das hatte ich auch nicht. Sie rufen nur so etwas wie ‚Hey, du!', aber ich erkenne am Tonfall, dass sie mich meinen."

Ich war mir nicht sicher, ob ich das letzte bisschen glauben sollte. *„Warum hast du es nicht früher erwähnt?"*

„Hab' ich. Du musst mich ignoriert haben … wie üblich. Jedenfalls sind wir fast beim Emporium, und ich kann sie immer noch hören, wenn der Wind hierher weht. Erinnerst du dich wirklich nicht daran, dass ich dir das gestern Nachmittag erzählt habe?"

„Ähm, nein. Tut mir leid. Wahrscheinlich war ich in Gedanken bei meinem Queso.“

„Darum konnte ich letzte Nacht nicht schlafen. Ich konnte sie bis in mein Schlafzimmer hören.“

„Whoa, langsam. Zurück. In wessen Schlafzimmer?“

In dem Moment winkten Hyacinth Bouquet und ihr Mann James und kamen freudig auf uns zu, aber zum Glück fing Tanner sie ab, sodass ich mein Gespräch mit Grim fortsetzen konnte. *„Glaubst du, sie sind aus irgendeinem Grund sauer auf dich?“*

„Natürlich sind sie das! Wir haben sie ausgetrickst, oder? Wir haben ihnen gesagt, wenn sie uns nicht in Stücke reißen, würden wir alles tun, damit sich der Acher Lake wieder füllt.“

„Wir haben sie nicht ausgetrickst. Das Wasser ist zurück in den Acher Lake geflossen, sobald wir Ba verbannt hatten. Sicher, er hat sich nicht sofort gefüllt, aber das konnten sie doch nicht ernsthaft erwarten, oder?“

„Sie sind dumme Tiere. Wer weiß, was sie sich vorgestellt haben.“

Grim war ungewöhnlich nervös, aber seltsamerweise beunruhigte mich das nicht. Zu vieles ergab keinen Sinn. Vor allem, warum sollten sie so lange warten, um ihn zur Rede zu stellen? Der See musste mittlerweile fast voll sein – sollten sie da nicht glücklich sein?

Doch die Vorstellung, dass ein Rudel Höllenhunde eine persönliche Vendetta gegen uns haben könnte, war ... besorgniserregend.

Ich schloss das Gespräch mit: *„Ich kann nicht sagen, ob mein ungutes Gefühl daher kommt, was du sagst, oder davon, dass ich zu viel Zeit mit einem Todesomen verbringe.“*

„Sagt die Todeshexe“, blaffte er zurück.

Der Verkehr staute sich am Fuße des Fluke Mountain, wo ein steiniger Pfad den Hang zum Festgelände hinaufführte.

Während wir jedes freundliche Gesicht grüßten, das wir erkannten – Tanner mehr als ich – und Fragen über den Inhalt der Kiste auswichen, spürte ich, wie in mir ein aufgeregtes Prickeln aufstieg. Ich war nicht nur aufgeregt, ich war begeistert. Begeistert, hier zu sein, ein Teil dieser Gemeinde, selbst wenn ich nur am äußeren Rand existierte.

Alle, die ich kannte, waren an einem Ort versammelt, um die Ernte zu feiern – das Leben konnte kaum besser und herzlicher sein. Die positive Stimmung war fast greifbar. Es fühlte sich an, als hätte jeder seinen schweren Mantel der Sorgen abgelegt, um einen Tag lang einfach nur Freude zu empfinden.

Vielleicht konnte ich das auch.

Ich nahm Tanners Hand, und er drehte sich zu mir um und lächelte. Wärme erfüllte meine Brust. Ja, ich konnte das. Das würde Spaß machen.

Der Steinpfad endete an einem riesigen, mit Weinranken verzierten Bogen, auf dem mit einem Seil in geschwungener Schrift „Lunasa" geschrieben stand. Dahinter wich die Steigung einer Ebene, einer weitläufigen Grünfläche, auf der Reihen von Ständen und Zelten wie eine kleine Promenade aufgebaut waren. Ein geschnitzter Holzwegweiser wies in alle möglichen Richtungen und zeigte den Besuchern, wohin sie gehen konnten, obwohl ich vermutete, dass die meisten schon wussten, wo alles war, oder einfach Lust hatten, alles zu erkunden.

„*Ich rieche gebratenes Fleisch*", war alles, was Grim sagte, bevor er in der Menge verschwand.

„*Viel Glück, du Bettler.*"

„Hier entlang", sagte Tanner und zeigte auf den Pfeil mit der Aufschrift *Wettbewerbsbeiträge*. „Wir können das abgeben und alles mit den Offiziellen klären."

„Und dann?", fragte ich.

„Dann genießen wir einen schönen Tag zusammen."

„Oh. Das klingt gut." Ich wollte ihn am liebsten direkt hier in der Menge küssen, aber eins nach dem anderen. Wir mussten zuerst unsere bald preisgekrönte Vorspeise abgeben. Grim hätte es fast geschafft, sich nochmal an den Chips zu vergreifen, und ich wollte nicht, dass irgendetwas anderes die Qualität des Produkts – und damit meinen sicheren Sieg – gefährdete.

Ich war mir nicht sicher, wen ich im Übergabezelt erwartet hatte, aber sicherlich nicht Graf Malavic, gekleidet in eine schwarze Hose und ein blutrotes Shirt mit V-Ausschnitt. Ähnlich wie bei Deputy Manchester hatte ein Teil von mir angenommen, dass Sebastian in einem obszön teuren Maßanzug lebte und schlief (oder was auch immer Vampire taten). Irgendwie beunruhigte es mich, ihn so „normal" gekleidet zu sehen, und ich kämpfte mit Gefühlen und Impulsen, an die ich lieber nicht denken wollte. Immerhin war er – wenn man die Fassade seiner Arroganz ignorierte – wirklich hübsch anzusehen.

„Nora Ashcroft", sagte er, kam um einen wackeligen Holztisch herum und näherte sich Tanner und mir. „Lange nicht gesehen."

Bevor ich antworten konnte, ertönte eine tiefe Baritonstimme: „Hey, Sebastian." Ich drehte meinen Kopf und sah zu meiner Überraschung, dass es Tanner war, der gesprochen hatte. Tanner? So hatte ich ihn noch nie gehört. Seine Stimme war zwar nicht besonders hoch, aber heute klang sie ungewöhnlich voll und tief. Selten begegnete ich Männern mit einer solchen Stimme, die nicht absichtlich daran gearbeitet hatten, sie sich anzueignen.

Tanners haselnussbraune Augen bohrten sich in die von Sebastian, während er ihm die Hand entgegenstreckte und mit diesem tiefen Knurren sagte: „Sind Sie für den Wettbewerb verantwortlich?"

„Tanner Culpepper. Schön, Sie zu sehen, Sir. Ja, ich betreue die Teilnehmer. So habe ich eine Ausrede, so oft wie möglich im Schatten zu bleiben." Er zwinkerte mir zu. Ich hasste es, wenn Männer, die nicht Tanner waren, mir zuzwinkerten. „Natürlich wird Bürgermeisterin Esperia die Ehre haben, die letzte Vorbereitung vorzunehmen, die Ihr Beitrag vermutlich benötigt?" Er deutete mit einem Nicken auf die schwebende Kiste. „Was ist in der Kiste?"

„Unser Beitrag natürlich", sagte ich. Es war vielleicht klug, den Mann, der den Queso überwachen würde, nicht zu provozieren, aber Sebastians gelangweilter Ton, seine langsamen, sehr bewussten Bewegungen und dieses ewige kleine Grinsen, das immer seine Mundwinkel umspielte, als wüsste er etwas, das niemand sonst wusste, trieben mich in den Wahnsinn.

Er lachte leise. „Also ganz auf den Wettbewerb konzentriert, wie ich sehe. Das respektiere ich. Gleich hinter dem Tisch ist ein Platz für euch reserviert." Er zeigte auf ein kleines Schild an der Plane, auf dem *Medium Rare* stand, und Tanner ließ die Kiste sanft an ihren Platz schweben.

Mein Blick fiel auf das Schild zwei Plätze von unserem entfernt: *Franco's Pizza.* Der Platz darunter war noch leer, was bedeutete, dass sie ihren Beitrag noch nicht abgegeben hatten. Mist. Ich konnte nicht einmal erahnen, was es sein würde. Die Spannung brachte mich fast um. Wenn wir Franco's Pizza nicht schlagen konnten … Nein, daran durfte ich gar nicht denken.

Verstehen Sie mich nicht falsch, ich hatte nichts gegen Donny Franco oder Trinity oder die anderen wunderbaren Leute, die dort arbeiteten – die *nicht* Donovan Stringfellow waren. Aber ich wusste, dass Donovan dieses Jahr bei allem, was Franco einreichte, eine zentrale Rolle spielen würde.

Warum? Weil er Tanner und mich auf einer sehr persönlichen Ebene schlagen wollte. Ich wusste das mit Sicherheit, weil Donovan recht gehabt hatte, als er in den Deadwoods gesagt hatte, dass er und ich uns so ähnlich sind.

Und ich wollte nichts mehr, als diesen Wettbewerb so überzeugend gewinnen, dass er noch Monate später unter der Niederlage leiden würde.

Aber ich war natürlich überhaupt nicht ehrgeizig, nein.

„Wir sehen uns, Sebastian", sagte Tanner und legte mir eine Hand an den Rücken, um mich mit sich aus dem Zelt zu führen.

„Pass gut auf sie auf, Tanner", antwortete Sebastian. Seine Worte klangen eher wie eine Warnung als wie ein Abschiedsgruß, was uns beide innehalten und ihm einen Blick über die Schulter zuwerfen ließ.

„Ja", sagte Tanner mit einer Spur von Trotz. „Das werde ich. Aber sie kann auch ziemlich gut auf sich selbst aufpassen."

Ich warf Sebastian einen finsteren Blick zu. Sein Gesichtsausdruck wurde weicher, und er nickte. „Natürlich, Sir. Euch Turteltäubchen einen schönen Tag. Und, hey, entspannt euch ein bisschen." Er zwinkerte mir wieder zu, und ich rümpfte die Nase, bevor ich meine Miene unter Kontrolle bekam. Dann führte Tanner mich aus dem Zelt.

Kapitel Vier

Während mein Kopf noch versuchte, die Seltsamkeit der Begegnung mit dem Grafen zu verarbeiten, achtete ich nicht darauf, wohin ich ging, und wäre beinahe mit jemandem zusammengestoßen, der am Zelt vorbeikam, als ich hinaustrat.

„Nora!", rief sie.

Mein Gehirn schaltete um. „Oh, hey, Zoe. Entschuldige, ich war gerade –" Ich deutete mit dem Daumen zurück in Richtung Zelt, entschied aber, dass es sich nicht lohnte, das weiter zu erklären.

„Hey, du", sagte Tanner und nahm die Hand von meinem Rücken, um sie zu umarmen. Zoe Clementines begeisterter Ausdruck, als sie sich nach vorn stürzte und ihre Arme um ihn schlang, ließ mich über zwei Dinge nachdenken. Erstens: Brauchte sie körperlichen Kontakt wirklich so sehr? Ich war mir ziemlich sicher, dass sie und Oliver während ihrer Lektionen nicht nur über Bücher gebeugt waren – oder vielleicht doch? Und zweitens: Warum war ich nicht auf die Idee gekommen, sie zu umarmen? Wie konnte ich immer noch so schlecht darin sein, Freundschaften zu schließen? Für Tanner war das alles ganz natürlich, und niemand verweigerte ihm eine Umarmung, was einen Sinn ergab, wenn man bedachte, dass er ein echter Profi darin war. Seine Umarmungen waren eine Art Universallösung. Ihn zu küssen machte Spaß, aber manchmal wollte ich einfach nur in seinen Armen liegen und für eine Weile dort bleiben.

Apropos, die Umarmung zwischen Tanner und Zoe begann, sich in die Länge zu ziehen. Ich konnte es ihr nicht verdenken, besonders da sie sowas von Oliver wohl kaum bekam. Dennoch spürte ich ein Prickeln, als mir Donovans Warnung über seinen besten Freund wieder einfiel: Alle Mädchen in Eastwind stürzten sich auf Tanner.

Ugh! Blöder Donovan, meinen Verstand zu vergiften! Warum konnte ich ihn nicht einfach aus meinen Gedanken verbannen? Er hatte sich in meinem Unterbewusstsein einge-nistet wie ein hartnäckiges Stück Spinat zwischen den Zähnen.

Zoe war meine Freundin. Sie hatte nie romantisches Inter-esse an Tanner gezeigt.

Es war das verdammte Verbindungsritual. Das war alles. Ein Teil von Donovans Energie musste immer noch in mir herumschwirren. Es musste doch eine Möglichkeit geben, sie loszuwerden, eine Art, mich energetisch so gründlich zu schrubben, dass ich ihn vollständig aus meinem System tilgen konnte. Wozu war Magie gut, wenn nicht dazu, unerwünschte Männer für immer loszuwerden?

Würde es mir helfen, auch diese Schuldgefühle loszuwer-den, die ich jedes Mal empfand, wenn ich ihn sah? Wahr-scheinlich nicht. Das hatte ich mir schließlich selbst eingebrockt.

Und könnte eine ordentliche Reinigung auch verhindern, dass er gemeiner zu mir war als je zuvor?

Ähm, ganz sicher nicht. Dafür müsste ich ihm vermutlich irgendwas Starkes in seinen Trank mischen – doch davon konnte ich nur träumen, solange meine Fähigkeiten im Tränkebrauen derart zu wünschen übrig ließen. Höchstwahrscheinlich würde ich ihm einen Trank brauen, von dem ich dachte, dass er ihn netter machen würde, aber es wäre ein Wahrheitsserum und würde ihn dazu bringen, in der Stadt herumzulaufen und laut jedem zu erzählen, was in den Deadwoods passiert war.

„Oh meine Gaia", sagte sie und ließ Tanner schließlich los. „Ich habe Gerüchte über euren Beitrag gehört und freue mich schon so auf die große Enthüllung!"

„Das ist alles Noras Verdienst", sagte Tanner mit einem Lächeln. „Oh, hey." Er drehte sich zu mir um. „Die Tomlinsons sind gerade vorbeigelaufen, und ich habe eine Wette gegen den kleinen Percy verloren, also muss ich ihm dieses Jahr das Füllhorn kaufen –"

„Ja, ja", sagte ich. „Tu, was du musst. Wir sehen uns."

Er machte einen schnellen Schritt auf mich zu, drückte mir einen verstohlenen Kuss auf die Wange und joggte davon.

Als ich zu Zoe sah, konnte sie ein Grinsen kaum unterdrücken. „Wie süß!", sagte sie. „Also, was hältst du von Evangeline?"

„Moody?"

„Ja."

Ich zuckte die Achseln und verzog reumütig das Gesicht. „Ich habe sie noch nicht kennengelernt."

„Oh." Zoe blinzelte schnell, als hätte ich eine andere Sprache gesprochen, und sagte dann: „Na ja, du bist ja auch ziemlich beschäftigt. Komm, ich stelle euch vor. Sie lebt auf dem Fluke Mountain, also sollte sie hier irgendwo sein! Wobei – ich nehme an, jeder in der Stadt ist hier irgendwo." Sie kicherte.

Ich folgte ihr, während wir uns durch die Menge schoben und mit den bekannten Gesichtern, an denen wir vorbeikamen, kurze Grüße austauschten. Wir kamen zum Eingangsbogen zurück, und jetzt, da ich das Wettkampfzelt nicht mehr im Kopf hatte, konnte ich an andere Dinge denken.

Zum Beispiel an den langen Tisch mit den feuerfesten Vogelhäuschen, hinter dem Ted in seiner üblichen schwarzen Robe stand und seine Waren anpries. Die Dinger waren gar nicht so übel. Seine Technik war seit denen, die ich in den Deadwoods gesehen hatte, viel ausgefeilter geworden. Er hatte einige davon sogar in Erntefarben gestrichen.

Ich schenkte ihm ein Lächeln und nickte zum Gruß, woraufhin er viel zu enthusiastisch zurückwinkte.

Direkt vor mir ertönte ein schriller Schrei, und ich stellte mich auf die Zehenspitzen, um über die Menge hinwegzusehen und die Quelle zu finden. Ich entdeckte sie gerade, als eine riesige, kahle Gestalt aus dem Wasser einer Tauchkabine auftauchte. Er lachte laut und deutete spielerisch auf ein kleines Koboldmädchen, das stolz dastand, während die Menge begeistert brüllte. Seiner glatten, gebräunten Haut, dem schieren Umfang seines Bizeps und dem warmen Glanz seines breiten, elfenbeinfarbenen Lächelns nach zu urteilen hatte ich eine Vermutung, wer dieser Mann sein konnte. Doch erst als er wieder auf die Tauchplattform kletterte und ich die riesigen Widderhörner sah, die auf seinen Rücken tätowiert waren, war ich mir sicher: Das war Liberty Freeman.

Liberty war ein freigelassener Dschinn, was bedeutete, dass er einmal versklavt gewesen war. Ich kannte nicht die ganze Geschichte – ich bin mir nicht sicher, ob irgendjemand in Eastwind sie kannte – aber ich wusste zwei wichtige Dinge über ihn: Seine Umarmungen konnten tödlich sein (danke für die Warnung, Tanner), und der Mann *liebte* die Freiheit.

Ja, genau, Liberty Freeman war nicht der Name, der ihm bei seiner Geburt gegeben worden war ... oder wie auch immer Dschinns entstehen. Seine Lebensfreude, seine Freiheit und sein Streben nach Glück waren nicht nur das Amerikanischste in Eastwind – abgesehen vielleicht von mir und Evangeline Moody – sondern machten ihn auch bei allen in der Stadt beliebt ... außer bei denen, die mit ihm im Hohen Rat saßen. Nach dem, was Hyacinth Bouquet mir erzählt hatte, betrachtete der Rat ihn als ein lästiges Hindernis auf ihrem Weg, alles in Eastwind bürokratisch zu regeln.

Und deshalb wurde Liberty immer wiedergewählt. Er absolvierte gerade seine 89. aufeinanderfolgende zweijährige Amtszeit.

Dschinn waren während meiner Studien mit Oliver nur einmal vorgekommen, und nachdem ich alle Aladdin-Witze losgeworden war (die Oliver nicht verstand, was okay war, weil ich wusste, dass sie trotzdem urkomisch waren), hatte er mir ein bisschen über sie erklärt. Erstens: Sie waren nicht blau – das war offensichtlich, wenn ich Liberty ansah. Die meiste Zeit sahen sie menschlich aus, was Oliver „Standardform" nannte. Liberty sah aus, als könnte er die gesamte Tomlinson-Familie gleichzeitig stemmen, was mir übermenschlich vorkam, aber okay, ich verstand, was Oliver meinte. Und wenn sie wollten, konnten Dschinn ihre Gestalt verändern. Anders als Werwölfe konnten sie sich in jedes beliebige Tier verwandeln, doch meist bevorzugten sie die Form eines Widders.

Bei Liberty war das durch das prächtige Widder-Tattoo auf seinem Rücken leicht zu erkennen –, und ich musste zugeben, dass ich mir wünschte, ich könnte ihn aus der Nähe betrachten, und nicht nur wegen seines muskulösen Körperbaus.

Ich folgte Zoe weiter und kam an einem langen Tisch vorbei, auf dem mächtige Amulette schwebten. Mein Gehirn registrierte die Energie, bevor meine Augen die Auslagen sahen. Das Staurolith-Amulett, das ich immer um den Hals trug und unter meinem Top versteckte, machte sich durch eine leichte Wärme auf meiner Haut bemerkbar.

„Nora!“, rief Ezra mir zu, als ich mich seinem Stand näherte. Sein dunkles, altersloses Gesicht war schön, obwohl ich mir immer noch nicht sicher war, welche Theorie stimmte –, dass er seit Jahrzehnten nicht gealtert war, weil er in seinem Laden von so viel Magie umgeben war, oder weil er mit dunkler Magie herumspielte, um dafür zu sorgen, dass sein Aussehen so makellos blieb.

Ich packte schnell Zoes Arm, damit sie mich in der Menge nicht verlor. Sie schien nichts dagegen zu haben, kurz stehenzubleiben.

„Hi, Ezra“, sagte ich.

„Wie benimmt sich der neue Zauberstab?“

„Besser, als ich verdient habe, fürchte ich.“

Er nickte mit einem wissenden Glanz in den Augen. „Du brauchst wohl noch ein bisschen Übung, eh?“

„Eine Menge. Ich habe ihn für heute bei Ruby gelassen. Ich versuche, ihn nicht mitzunehmen, bis ich weiß, wie man ihn benutzt.“

Er lachte. „Der Zirkel wird froh sein, das zu hören. Sie sind nicht sehr glücklich darüber, dass ich Zauberstäbe an ungeschulte Hexen verkaufe.“

„Oh nein“, sagte Zoe. „Hast du Ärger mit ihnen?“

„Ach was.“ Er winkte ab. „Man kann nur Ärger mit Leuten bekommen, die einem Ärger machen würden. Der Zirkel braucht meine Dienste zu sehr, um etwas anderes zu tun, als mir zu sagen, dass sie unglücklich sind. Woraufhin ich antworte: ‚Tut mir leid, das zu hören.‘ Während ich ihnen dann gerade frisch eingetroffenen Jett zur Aura-Reinigung anbiete, und schon sind sie weniger verärgert und ich reicher. Alle gewinnen.“

Wir lachten alle, dann fragte Ezra: „Wohin geht ihr zwei Hübschen?“

„Nora hat Eva Moody noch nicht kennengelernt, also wollte ich die beiden einander vorstellen."

„Wunderbar. Mir wurde diese Ehre auch noch nicht zuteil. Wenn ihr sie seht, sagt ihr, sie schuldet Ezra's Magical Outfitters noch einen Besuch."

„Immer der Verkäufer", neckte ich ihn.

Wir verabschiedeten uns und tauchten wieder in die Menge ein.

„Ich hätte schwören können, dass ich sie drüben auf der Sportwiese gesehen habe", sagte Zoe, schüttelte den Kopf und blinzelte durch die Menschenmenge. „Ach, was soll's, verschaffen wir uns einen besseren Überblick."

Wir hielten an der Treppe zu einer erhöhten Holzbühne, die in der Mitte von einem hohen, weinberankten Torbogen dominiert wurde. Er erinnerte mich an den Eingang zu Whirligig's Garden Center, wo Ansel arbeitete. Ich fragte mich, ob die Bühne später für Aufführungen genutzt werden würde, und folgte Zoe die Treppe hinauf, um von oben die Menge besser überblicken zu können.

Von hier aus hatte man einen idealen Blick über die Feierlichkeiten, und ich hätte eine Stunde dort stehen und einfach nur Leute beobachten können. Ich entdeckte Tanner und die Tomlinson-Kinder, die Popcorn aus ihren Füllhörnern nahmen, es in die Luft warfen und versuchten, es mit dem Mund aufzufangen. Weiter hinten, wo wir gerade hergekommen waren, drängte sich der Hohe Rat um einen Tisch, an dem vermutlich die Bewertung für den Kochwettbewerb stattfinden würde.

Ein lautes Platschen und das darauffolgende Brüllen der Menge lenkten meine Aufmerksamkeit zur Tauchkabine. Ich konnte mir ein Grinsen nicht verkneifen, als ich sah, wie Liberty wütend tat und seine mächtigen Fäuste gen Himmel schüttelte, während er bis zur Hüfte im Becken unter der Plattform stand und ein vor Stolz strahlender Junge, der ihn hineingeschickt hatte, seinen Erfolg feierte. Am Rand der Zuschauergruppe unterhielt sich Landon Hawker, ein Nordwindhexenmeister und echter Streber, mit Fiona Sheehan – es war offensichtlich, dass er viel mehr an dem Gespräch interessiert war als sie, da seine Gestik intensiv war und er sich ein wenig zu weit zu ihr vorbeugte, während sie sich leicht zurücklehnte, den Kopf abwandte und offenbar nach einer Ausrede suchte, um weiterzugehen.

„Oh! Da ist sie", sagte Zoe.

„Wo?" Ich drehte mich um und blinzelte in die Richtung, in die sie zeigte. Aber da mir niemand Evangeline beschrieben hatte, wusste ich nicht genau, wonach ich suchen sollte.

„Da drüben, im Gespräch mit Darius, Jane und Ansel."

Ansel war in der Menge leicht zu erkennen. Sein massiver Werbärenkörper schien von Natur aus einen großen Bewegungskreis um sich herum zu fordern, und seine espressobraune Haut war das tiefste Braun der Stadt. Neben ihm stand seine Verlobte – eine Werwölfin und zweifellos meine beste Freundin in Eastwind – Jane, und ihm gegenüber sein bester Freund, mit dem er eine echte „Bromance" hatte, Darius Pine – der Anführer der Werbären und Besitzer der Hütten auf dem Fluke Mountain.

Und neben Darius stand eine zierliche Gestalt in einer grünen Strumpfhose und einem fließenden blaugrünen Shirt, das ihr bis zu den Knien reichte. Ihr dunkles Haar war zu winzigen Zöpfen geflochten, die ihr über die Schultern fielen und ein mokkabraunes Gesicht rahmten, das selbst aus dieser Entfernung bemerkenswert schön war.

„Das ist Evangeline?"

„Ja!", bestätigte Zoe.

Ich zwang mich zu einem Lächeln und unterdrückte all die unschönen Neurosen, die sich regten, weil das neue „heiße

Ding" in der Stadt nicht nur heiß war, sondern auch Jahre jünger als ich und wahrscheinlich eine viel bessere Hexe ... denn schlechter konnte sie kaum sein. Ja, obwohl ich froh sein sollte, nicht mehr der Neuling in der Stadt zu sein, verspürte ich doch einen kleinen Stich darüber, dass ich ersetzt worden war.

Die herzliche Begrüßung, als ich mich der Gruppe näherte, nahm mir jedoch schnell die Sorgen, dass ich in irgendeiner Weise verdrängt werden könnte. Jane schlang die Arme um mich, und sogar Ansel umarmte mich – so plötzlich und fest, dass mir fast der Atem wegblieb.

Wow, sie waren heute wirklich guter Stimmung. Lunasa war definitiv ein besonderer Anlass. Darius nickte mir mit seiner gewohnt stoischen Gelassenheit zu, und während Zoe seine kühle Zurückhaltung ignorierte und ihn einfach umarmte, wandte ich mich Evangeline zu und stellte mich vor. Sie lächelte und sagte leise Hallo – nicht schüchtern, sondern als wüsste sie, dass sie nicht laut sein musste. „Nenn mich Eva."

Ich schluckte schwer. Energiewellen gingen von ihr aus, viel stärker als die, die ich zuvor bei Ezras Stand gespürt hatte. Sie war eine wirklich mächtige Hexe. War sie *wirklich* neu? Und aus meiner Welt?

„Wie lange bist du schon in Eastwind?", fragte ich.

Ihre Augen huschten zu Darius, der ihr mit einem Nicken zu verstehen gab, dass sie ruhig weitersprechen sollte. „Nur zu. Nora ist diejenige, von der ich dir erzählt habe."

Eva lächelte. „Ungefähr zwei Monate."

„Zwei Monate?" Das war viel länger, als ich gedacht hatte, und es unterstrich nur mein Versäumnis, mich ihr früher vorzustellen.

Wieder lächelte sie ruhig. „Ja."

Ich wollte sie alles fragen – wie sie hierhergekommen war,

ob sie wie ich gestorben oder durch ein Portal gekommen war – aber das schien mir ein bisschen zu persönlich für die Umgebung, in der wir gerade waren. Also sagte ich stattdessen: „Ich möchte unbedingt alles darüber hören, aber vielleicht an einem ruhigeren Ort."

Das schien sie zu schätzen, und ein herzlicheres Lächeln huschte über ihr Gesicht. „Hört sich gut an."

Doch bevor die Unterhaltung in unserer Gruppe wieder beginnen konnte, hallte eine tiefe, warme Stimme über die Menge: „Wenn ich um Ihre Aufmerksamkeit bitten dürfte?"

Ich drehte mich zur Quelle um und sah Liberty Freeman auf der Bühne stehen, auf der Zoe und ich vor ein paar Minuten gestanden hatten.

Stille legte sich wie eine Decke über die Menge.

Ich war mir nicht sicher, ob Libertys Stimme von Natur aus so laut war oder ob eine magische Verstärkung im Spiel war, aber als er weitersprach, war sie kristallklar. „Willkommen zum dreihundertachtundvierzigsten jährlichen Lunasa-Fest!"

Die Menge jubelte, und Liberty legte den Kopf in den Nacken und lachte herzhaft. Doch als er Luft holte, um weiterzusprechen, verstummte der Jubel augenblicklich – sogar meiner. Die Wirkung war so unmittelbar, dass sie mich an die Brettspiele erinnerte, von denen die Kellner im Chez Coeur immer sprachen, bei denen die Spieler Charisma-Punkte sammeln konnten. Vielleicht gab es ein magisches Äquivalent. Falls ja, hatte Liberty alle Punkte. Ich ertappte mich sogar dabei, wie ich auf seine imposante Gestalt starrte, das nasse Handtuch aus der Tauchkabine noch in der Faust, und überlegte, wie ich ihn wohl zu meinem Freund machen könnte. Als müsste ich ihn *dringend* zum Freund haben.

Oh nein, war es das, was Zoe Clementine immer fühlte? Armes Ding.

„Ich hoffe, wir werden alle ein fröhliches, unterhaltsames

und sicheres Fest haben", sagte Liberty und zeigte dabei auf jemanden in der Menge. Alle Köpfe drehten sich um, auch meiner, und ich sah Sheriff Gabby Bloom in einem wunderschönen, erntegoldenen Sommerkleid, auf dessen Rückseite ihre weißen Engelsflügel strahlten.

„Das Lunasa-Fest feiert nicht nur die Ernte dieses Sommers und die Freiheit, die wir in diesem großartigen Reich genießen, sondern auch die Gesellschaft der Leute, die wir lieben. Apropos lieben: Bevor ich das diesjährige Fest offiziell eröffne, müssen wir uns noch um eine dringende Herzensangelegenheit kümmern." Er schmunzelte und nickte, und aufgeregtes Gemurmel ging durch die Menge.

Und ich hatte keine Ahnung, warum alle so aufgeregt waren.

Eine Hand auf meiner Hüfte ließ mich zusammenzucken. Ich drehte mich um und sah in Tanners schönes Gesicht. „Was glaubst du, was jetzt kommt?", flüsterte er mir ins Ohr, und sein warmer Atem ließ mir die Nackenhaare zu Berge stehen.

„Was glaubst du?"

Er nickte zur Bühne hinauf. „Der Kranzbogen."

„Ich habe keine Ahnung, was das ist."

Bevor er antworten konnte, begann Liberty zu sprechen: „Wie es Tradition ist, öffne ich jetzt die Bühne für alle, die die Ernte und denjenigen, den sie lieben, auf die umfassendste Weise feiern möchten – durch den Akt der Ehe."

„Oh heiliger Wandler", flüsterte ich. Würden wir gleich eine Hochzeit sehen? War das eine spontane Sache, oder ...?

Ich sah Tanner an. Er grinste breit.

Warte, wollte er, dass wir –

Doch dann wanderte mein Blick zurück zur Bühne, und ich sah Jane und Ansel die Treppe hinaufsteigen.

Die Menge rastete aus und begleitete sie mit Pfiffen und Jubelschreien.

Und ja, ich stimmte voll mit ein.

Ich hatte keine Ahnung! Ich wusste, dass sie verlobt waren, aber Jane war immer ausweichend gewesen, was konkrete Pläne anging. Jetzt wusste ich, warum.

Und wie perfekt war das denn? Statt sich mit dem Stress der Hochzeitsplanung abzumühen – dafür zu sorgen, dass alle kommen, die richtige Deko und das Essen zu organisieren – konnte man sich während Lunasa einfach auf die Bühne stellen und alles wurde für einen geregelt. Es hatte den Charme einer Blitzhochzeit in Vegas, nur ohne den Kitschfaktor und mit allen Freunden.

Eastwind macht wirklich eine Menge richtig.

Als das Paar die Bühne überquerte, umarmte Liberty Jane herzlich und drückte sie fest an seine Brust. Dann ging er zu Ansel, der es an einem normalen Tag wohl kaum gutgeheißen hätte, vor einer Menschenmenge einen anderen Mann zu umarmen – doch heute zögerte er keinen Moment.

Der Anblick der beiden riesigen Männer, die einander so fest umarmten, war etwas ganz Besonderes. Ich vermutete, dass ich nie wieder zwei Männer dieser Größe in einer Umarmung sehen würde – es sei denn, ich stolperte eines Tages in den Bergen nördlich von Eastwind über ein paar der sagenumwobenen Riesen.

Als sie sich voneinander lösten, waren Libertys goldene Augen feucht, und er benutzte das Handtuch, das über seiner Schulter hing, um sich die Tränen wegzuwischen. „Mann, ich liebe ein Happy End", sagte er. „Aber noch mehr liebe ich einen glücklichen Anfang, und den habt ihr beide heute."

Jane und Ansel standen vor dem Kranzbogen und hielten einander an den Händen, während Liberty eine Zeremonie begann, die einer klassischen Hochzeit ähnlich war, aber ohne Bibelstellen und insgesamt entspannter. Jane und Ansel sprachen ihre individuellen Gelübde, die Liberty als Seelenschwüre bezeichnete.

Die Worte wurden zu fernem Gemurmel, als ich mir vorstellte, dass ich eines Tages auf dieser Bühne stehen könnte. Wer würde mir gegenüberstehen?

Ich drehte mich um und warf einen Blick über die Schulter zu Tanner, der hinter mir stand, die Arme um meine Taille geschlungen, seine Brust warm an meinem Rücken, und sein Kinn, das rau und vertraut mein Ohr streifte.

Doch mein Blick blieb an jemand anderem hängen. Jemandem, der nur ein paar Meter rechts von uns stand und mich anstarrte.

Donovan.

Mein Herz pochte mir bis zum Hals, und ich schluckte, um es wieder hinunterzubringen. Warum starrte er mich so an? Die übliche Verachtung war verschwunden, und stattdessen sah ich eine Seite von ihm, die ich in den Deadwoods gesehen hatte – eine Seite, die mir gefallen hatte.

Eine Seite, die ich nicht wiedersehen wollte.

Ich senkte den Blick auf das Gras unter meinen Füßen, sammelte mich und richtete meine Aufmerksamkeit wieder auf die Bühne.

Neben dem efeugeschmückten Bogen stand ein Kaktus, der sogar Liberty ein Stück überragte und an dessen Arm zwei Kränze aus ineinander verflochtenen, orangefarbenen Blüten hingen. Liberty nahm schnell die Kränze, sprang zurück, um einem heftigen Hieb des anderen Kaktusarms auszuweichen, warf dann sein nasses Handtuch über die Pflanze und kehrte zu Jane und Ansel zurück. Mit ein paar weiteren Worten über Liebe und Vertrauen legte er Ansel den ersten Kranz um den Hals, dann den zweiten um Janes Hals, sodass er ihre Verlobungskette verdeckte, die im Licht des späten Morgens funkelte.

Und dann küssten sie einander.

Während sie das taten, jubelte die Menge lautstark, einige vor Freude, und andere …

Ich blickte in die Menge, aber mein Verstand hatte kaum Zeit, das Gesehene zu verarbeiten, bis Tanner mich schon herumwirbelte und seine weichen Lippen auf meine drückte.

Das gehörte wohl auch zur Tradition. Ich lehnte mich an ihn, genoss den Kuss und das warme Gefühl der Liebe, das von den Leuten um uns herum ausging.

Tanner beendete den Kuss und stimmte in den Applaus ein, und ich sah gerade noch, wie einige andere Paare sich aus ihren Umarmungen lösten, bevor ich mich wieder zur Bühne umdrehte und –

Oh Fänge und Klauen!

Donovan starrte mich immer noch an.

Hatte er uns während des Kusses beobachtet?

Das war einfach nur … *unheimlich.*

Ich ließ Tanner kurz zurück, schob mich durch die Menge, packte Donovan im Vorbeigehen am Arm und zerrte ihn mit, bis wir eine ruhigere Stelle gefunden hatten, an der niemand unser Gespräch mitbekommen würde.

„Nein“, sagte ich entschlossen.

Donovan hob eine Augenbraue und lächelte schief. „Was meinst du mit ‚Nein‘?“

„Nein, wir machen das nicht, nein, wir werden nie zusammen sein. Nein, du wirst mich und Tanner nicht stalken. Alles nein.“

„Du denkst, du bist so schlau, aber ich habe dich durchschaut. Ich weiß genau, welches Spielchen du spielst.“

Er hob abwehrend die Hände. „Ich spiele kein Spielchen.“

„Einhornäpfel! Du versuchst, Zwietracht in meine Beziehung mit Tanner zu säen –“

„Funktioniert es?“

Die Muskeln in meinem Kiefer spannten sich an, und ich brachte ein ersticktes „Nein" heraus.

Er zuckte mit den Schultern. „Das wird es. Früher oder später. Du wirst erkennen, dass du die falsche Entscheidung getroffen hast, und wenn es so weit ist ..."

Ich lachte trocken. „Oh, ich weiß, was passieren wird, wenn das passiert – ich meine, *falls* das passiert, was es nicht wird. Dann sagst du: ‚Tut mir leid, Nora, kein Interesse mehr' und erzählst Tanner alles. Und dann sind wir quitt, nicht wahr?"

Zu meiner Überraschung stimmte er nicht nonchalant zu, wie ich erwartet hatte. Stattdessen schien er tatsächlich betroffen und blinzelte mich an, mit etwas in seinem Blick, das fast ... verletzt wirkte?

Er kam einen Schritt näher. „Das ist es überhaupt nicht. Ich will keine Rache, Nora. Ich will *dich*. So wie ich das sehe, landet ihr beide, du und Tanner, entweder nächstes Jahr oder vielleicht im Jahr darauf um diese Zeit auf der Bühne – oder es ist vorbei. Und falls Letzteres passiert, bin ich da." Er streckte die Hand nach meiner aus, ergriff sie, und die Energie, die zwischen uns geflossen war – sowohl während unseres Verbindungsrituals als auch bei unserem inoffiziellen „Verbindungsritual" – erwachte erneut.

„Da bist du ja", hörte ich Tanners Stimme plötzlich hinter Donovan.

Schnell ließen wir unsere Hände los.

Tanner kam, legte einen Arm um Donovans Schultern und warf mir dieses sexy, schiefe Grinsen zu, das mich einerseits verrückt machte und andererseits mein Gewissen Purzelbäume schlagen ließ, die eines Auftritts im Cirque du Soleil würdig gewesen wären. „Ich freue mich, dass ihr beiden euch vertragt. Es macht mein Leben so viel leichter, wenn mein bester Freund und meine Hexe miteinander auskommen."

Ich wusste nicht, was ich darauf antworten sollte.

Donovan schon.

„Freu dich nicht zu früh. Nora wollte mir nur das Rezept für Francos Wettbewerbsgericht aus den Rippen leiern. Sie sollte es besser wissen, als zu glauben, dass ich das Geheimnis je verraten würde." Seine kristallblauen Augen bohrten sich in meine. „Und ich weiß, dass sie das Geheimnis selbst nie verraten würde. Oder, Nora?"

„Nein", sagte ich. „Ich würde es nie verraten."

„Apropos", sagte Tanner. „Die Bewertung fängt gleich an. Das wollen wir nicht verpassen." Er legte seinen anderen Arm um meine Schulter und führte uns beide zum Bewertungstisch auf der anderen Seite des Festivals. „Zeit, herauszufinden, wer gewinnt!"

Kapitel Fünf

Obwohl sich der Zeitplan für das Fest im Laufe der Jahrzehnte ein wenig verändert hatte, hatte Eastwind, wie Tanner erklärte, schließlich einen Ablauf gefunden, der funktionierte und dem man in den letzten Jahren treu geblieben war.

Die Feierlichkeiten begannen mit den Hochzeiten, um eine fröhliche Stimmung zu schaffen und dem glücklichen Paar die Gelegenheit zu geben, sich im Laufe des Tages mit Gratulanten auszutauschen. Danach folgte der Kochwettbewerb. Das ließ nicht nur genug Zeit, um Gewinner und Verlierer zu küren, sondern auch, um zu beobachten, wie die Juroren die köstlichen Gerichte probierten. All das stimmte die Menge perfekt darauf ein, sich direkt im Anschluss den Bauch vollzuschlagen – was die Essensverkäufer freute.

Danach gab es magische Darbietungen und die Titan-Spiele, beides Highlights, die man sich am besten ansah, während man drachengegrillten Mais, eine saftige Putenkeule oder die gerösteten Pekannüsse von Stella Lytefoot genoss, die nicht nur den Magen füllten, sondern gleichzeitig auch noch die Aura reinigten.

Dann war es Zeit zum Trinken. Und zwar reichlich. Laut Tanner würde die Party vermutlich, anstatt wie üblich auf dem Festivalgelände zu bleiben, zu Sheehan's Pub weiterziehen, der an diesem Abend seine große Wiedereröffnung feierte.

Als wir – Tanner, Donovan und ich – ankamen, hatten die Mitglieder des Hohen Rates bereits an dem erhöhten Tisch Platz genommen. Am Ende des Tischs, neben Darius Pine, lag eine wohlbekannte schwarze Masse: mein Vertrauter Grim.

Ich schlug mir die Hand vors Gesicht. „Er bettelt jetzt nicht wirklich vor allen um Essensreste, oder?", stöhnte ich. Im Ernst – hatte dieser Hund überhaupt keine Scham?

„Kommt mir eher clever vor", sagte Tanner. „Darius wird ihm was geben. Die beiden kennen sich schon ewig."

Wahrscheinlich. Ich wusste bereits, dass Grim und Ansel in den Deadwoods ihr Unwesen getrieben hatten, lange bevor ich hergekommen war und Grim zu einem halbwegs zivilisierten Haustier gemacht hatte. Wenn Ansel und Darius beste Freunde waren, bedeutete das wahrscheinlich auch, dass Grim und Darius gemeinsame „Abenteuer" erlebt hatten.

Der erste Teilnehmer des Wettbewerbs, den Liberty ankündigte, war Sheehan's Pub. Liberty schien der Moderator aller Programmpunkte zu sein, und ich beschwerte mich nicht – seine Präsenz und sein Charme machten ihn bei Männern und Frauen gleichermaßen beliebt. Normalerweise waren Muskelmänner mit baumstammgroßen Armen nicht mein Typ, aber bei diesem Dschinn machte ich gern eine Ausnahme.

Sheehan's Beitrag war – wenig überraschend – frittiert. Frittierte Giftpilze, um genau zu sein. Den Mienen der Juroren nach zu urteilen, schmeckten die Pilze genau wie alles andere, was aus Sheehan's Fritteuse kam – knusprig, fettig, ein bisschen nach Hühnchen. Insgesamt gut, aber ich sah keine sonderlich beeindruckten Gesichter.

Einer weniger, dachte ich.

Mit jedem Beitrag stiegen die Chancen, dass das Medium Rare ganz oben landen würde. Doch gleichzeitig wurde ich zunehmend misstrauisch, dass jemand die Reihenfolge der Kostproben bewusst arrangiert und uns an die letzte Stelle gesetzt hatte – als Höhepunkt, um die Spannung zwischen Franco's Pizza und Medium Rare, die unter der Oberfläche brodelte, zu verstärken.

Niemand konnte das wissen, oder?

Wahrscheinlich lag es einfach daran, dass unsere beiden Restaurants die angesagtesten in Eastwind waren. Diese Stadt liebte italienisches Essen – was ich gut nachvollziehen konnte, da Franco's Pizza nach dem Medium Rare mein Lieblingsrestaurant war. Aber seit ich die Speisekarte erweitert hatte, war das Medium Rare ein Hotspot geworden, nicht nur für Werwölfe, sondern für Eastwinder jeder Spezies und jeden Alters.

Die Juroren notierten ihre Punkte für den Beitrag von Horton's Bakery, und Liberty verkündete feierlich Franco's Pizza als nächsten Beitrag. Ich versuchte, cool zu bleiben, während ich die Mienen der Juroren beobachtete.

Darius Pine warf Grim ein Stück von Horton's Käsegebäck zu, woraufhin Grims Schwanz träge anerkennend auf den Boden klatschte. Bürgermeisterin Esperia tupfte sich mit einer Stoffserviette den Mundwinkel ab und wirkte zufrieden ... aber das machte mir keine Sorgen. Quinn Shaw schielte auf seinen Punktebogen, während Octavia Pantagruel und Siobhan Astrid leise hinter vorgehaltenen Händen flüsterten. Und neben ihnen saß Graf Sebastian Malavic, mein Lieblingsvampir in der ganzen Stadt. Es überraschte mich nicht, dass er wie immer gelangweilt und arrogant aussah – doch was mich überraschte, war, dass er mich direkt anstarrte.

Ich überprüfte den Winkel, ob ich mich vielleicht irrte.

Stellte er etwa Blickkontakt zu Donovan her, in Erwartung von Franco's Beitrag? Nein – er starrte mich an.

Liberty las von der Karte und stellte das Gericht vor. „Von Franco's Pizza haben wir frisches, gesalzenes Focaccia-Brot mit heißem Rosmarin- und Thymian-Käsedip. Klingt köstlich. Horatio!" Er winkte einem schwarzhaarigen Südwindhexenmeister zu, der für die Verteilung der Proben zuständig war. „Servieren Sie die Kostproben, mein Guter!"

Das Blut kochte in meinen Adern.

Donovan hatte es gewusst.

Irgendwie hatte er herausgefunden, was unser Beitrag war, und hatte sich größte Mühe gegeben, eine italienische Kopie davon zu kreieren. Aber woher konnte er es wissen? Die Einzigen, die davon wussten, waren Tanner und ich.

Und Grim, aber ich konnte mir nicht vorstellen, dass er es Gustav, Donovans Katzenvertrauten, verraten hatte. Grim hasste die Katze.

Hatte Tanner es seinem besten Freund erzählt? Möglich, aber ...

Der dekadente Duft von warmem Focaccia hatte mich noch nie so wütend gemacht. Ich lehnte mich vor, um an Tanner vorbei zu Donovan zu sehen. „Woher wusstest du es?"

Er runzelte die Stirn und sah mich verwirrt an. „Was meinst du?"

Zu meinem Ärger schien er wirklich überrascht. Vielleicht war es nur ein Zufall. Vielleicht lag tatsächlich etwas in der Luft, das die Leute hungrig auf geschmolzenen Käse machte.

Nein. Sowas gab es nicht.

Es war allgemein bekannt, dass Donovan mit der Elfe im Rat, Siobhan Astrid, befreundet war. Könnte ihre Voreingenommenheit Francos einen Vorteil verschafft haben?

Siobhan schien das Gericht jedenfalls zu genießen, zeigte

begeistert auf ihren Freund in der Menge und nickte zustimmend, während sie kaute.

Meine Güte, es sah wirklich verdammt gut aus und roch noch besser. Ich musste wohl in der nächsten Woche bei Franco vorbeischauen, um es zu probieren und –

„Au", zischte Tanner und zog seine Hand aus meinem Griff.

„Oh, Entschuldigung."

Er schüttelte seine Finger aus, um das Blut zurückfließen zu lassen. „Das ist im Grunde die italienische Version von dem, was wir eingereicht haben", flüsterte er mir zu.

„Ich weiß!", antwortete ich durch zusammengebissene Zähne.

Liberty genoss seine Kostprobe, als hätte er seit Monaten nichts gegessen, und leckte sich jeden Tropfen Käse von den Fingern. Dabei stöhnte er schamlos, als wäre es die beste Mahlzeit seines Lebens. Das sollte ein familienfreundliches Fest sein, aber wenn er nicht mit diesen Lauten aufhörte ... bei der Wirkung, die er auf sein Publikum hatte, konnte ich mir gut vorstellen, dass das hier bald in eine völlig ungeeignete Richtung abdriften könnte.

Darius ließ in dieser Runde nichts für Grim übrig, was wohl gut war. Zumindest würde ich Grim nicht für sein verräterisches Verhalten verantwortlich machen müssen.

Die Juroren notierten ihre Punkte, jeder mit einem zufriedenen Lächeln im Gesicht. Sogar Malavic.

„Zu guter Letzt haben wir jedermanns Lieblings-24-Stunden-Diner und den einzigen Grund, warum sich manche von uns überhaupt so nah an die Deadwoods heranwagen: das Medium Rare! Und zur Information: Sie haben ein Gericht, das sie Chips con Queso nennen."

Liberty sprach es *„kway-so"* aus, und mir war sofort klar, dass es mindestens ein Jahr dauern würde, bis ich allen die

richtige Aussprache beigebracht hätte – aber das war egal …
solange es gewann.

Horatio ließ den Kessel zur Bühne schweben und verteilte
die kleinen Körbchen mit Chips und den Queso-Schälchen
zum Dippen.

Das war es. Ich war nervös, aufgeregt … und ein bisschen
hungrig. Die Tatsache, dass es sich um den zweiten Käsedip in
Folge handelte, könnte uns vielleicht einen kleinen Nachteil
verschaffen, aber es würde auch einen direkten Vergleich
ermöglichen.

„Ich nehme ein bisschen mehr davon", sagte Liberty leise
und bedeutete Horatio, ihm eine Extraportion zu geben. Der
schwarzhaarige Ratsassistent tat es widerwillig, und ich hielt
den Atem an, als Bürgermeisterin Esperia den ersten sorgfältig
zubereiteten Maischip mit Queso probierte.

Ich musste nicht lange warten, um das Ergebnis zu sehen:
Wir hatten gewonnen.

Mit überwältigender Mehrheit.

Wenn Libertys Reaktion auf Francos Beitrag gewagt
gewesen war, war seine Antwort – und die der anderen Juroren
– auf meinen Queso geradezu obszön. Wenn Eastwind einen
Papst gehabt hätte, wäre mein Queso wohl auf der Stelle
verboten worden. Ich sah auf den kleinen Percy Tomlinson
hinunter, der neben mir stand, und versuchte, dem Drang zu
widerstehen, ihm die Ohren zuzuhalten. Die ersten Spitzen
seiner Faunhörner spähten zwischen seinem lockigen braunen
Haar hervor, was ihm ein schelmisches Aussehen verlieh.

Siobhan Astrid verzog entschuldigend das Gesicht, bevor
sie ihre Punkte aufschrieb.

Ja! Der Sieg war mein! Oder, ähm, unserer. Ich grinste
Tanner an, der begeistert nickte.

Wieder blieb kein Krümel auf Darius' Teller für Grim übrig.

Da es der letzte Beitrag war und keine weiteren Happen mehr zu erwarten waren, rappelte sich Grim schwerfällig auf und drängte sich durch die Menge, um sich neben mich zu stellen.

„Deins riecht auf jeden Fall am besten", räumte er ein. *„Aber mehr kann ich dazu nicht sagen, da Darius am Ende beschlossen hat, geizig zu sein."*

„Hast du einen Blick auf die Punkte werfen können?"

„Du weißt, dass ich nicht lesen kann."

„Nicht einmal Zahlen?"

„Lass mich das klarstellen: Ich habe kein Interesse am Lesen. Und ich kenne Zahlen. Ich bin ja kein Idiot."

Horatio sammelte die Punktezettel ein, um sie auszuwerten, und Liberty bat die Menge, noch einen Moment zu bleiben, bis der Gewinner bekanntgegeben werden konnte.

Natürlich würde ich nirgendwo hingehen.

„Das wird knapp", sagte Donovan mit einem selbstgefälligen Lächeln. „Aber ich sag' dir was: Wenn ich gewinne, lade ich dich nächste Woche zu unserer neuen Vorspeise ein – kostenlos. Geht auf mich. Und du bekommst sogar einen Ginger Chakra Breeze dazu, den du so magst."

Ich funkelte ihn böse an, obwohl ich den Cocktail wirklich mochte und er der Einzige war, der ihn perfekt mixen konnte.

„Wie großzügig", sagte ich. „Aber ich habe gesehen, wie Siobhan dich angesehen hat, als sie die Chips und den Queso probiert hat. Da war nur Entschuldigung in ihren Augen."

„Oh, spricht man das so aus? Ich finde ‚Kway-so' ehrlich gesagt viel schöner."

Ooh, am liebsten hätte ich ihn geschüttelt. Genau das passierte, wenn jemand, den man nicht mochte, einen zu gut kannte – er wusste genau, wie er mich ärgern konnte.

„Ich schwöre, Donovan", begann ich, „wenn du es weiter so aussprichst –"

Aber ich konnte meine Drohung nicht beenden, denn

genau in dem Moment sagte Grim: „*Spürst du das?*", und ein starker, eisiger Wind fuhr plötzlich durch die Bäume rund um die Grünfläche am Fluke Mountain. Kurz darauf lag das Geräusch flatternder Zelte, umgestürzter Tische und kreischender Kinder in der Luft.

Kapitel Sechs

Ich strich mir die Haare zurück, die mir ins Gesicht geweht waren. Ich erkannte diese Kälte. Es war eine, die nicht nur an der Oberfläche blieb; sie drang tief bis ins Mark und breitete sich wie Wellen aus.

Der Windstoß war vielleicht zuerst dagewesen, aber die Geister waren nicht weit dahinter. Elfen und Oger, Hexen und Werbären, ja, sogar Kobolde schwebten nun über dem Festplatz.

Die Geister versammelten sich am Richtertisch und schwebten dicht über den Köpfen des Hohen Rates.

„Süßes Jackalope-Baby. Siehst du auch, was ich sehe?", fragte Grim.

„Kommt darauf an, was du siehst."

„Einen Haufen Geister, die über den Richtern schweben."

„Jupp."

Die Menge um uns beruhigte sich allmählich wieder, nachdem der Wind sich gelegt hatte. Einige strichen ihre Kleider glatt, stellten umgestürzte Tische wieder auf und halfen den Verkäufern, ihre Auslagen zu ordnen. Grim schnappte nach einem verwehten Füllhorn und hielt es fest. *„Wer's findet, darf's behalten."*

„Nein! Böser Junge! Gib das sofort zurück."

„Vergiss es. Also solltest du *besser bezahlen gehen."*

Ich blickte wieder zum Richtertisch. Die Geister schwebten immer noch darüber, ihr Gemurmel hing wie ein leiser Chor in der Luft.

Während die Menge das seltsame Wetterereignis allmählich als Laune der Natur abtat, erzählten die Mienen der Richter eine ganz andere Geschichte.

Octavia Pantagruel starrte entschlossen geradeaus ins Nichts, während zwei Geisteroger hinter ihr schwebten. Ihre Körpersprache ließ keinen Zweifel daran, dass sie nicht glücklich waren, auch wenn ich die Geister nicht verstehen konnte – und seien wir ehrlich, es war wahrscheinlich kaum mehr als das übliche Grunzen, das ich von Anton gewohnt war.

Siobhan Astrid wandte den Kopf suchend hin und her, als versuchte sie erfolglos, etwas zu finden, auch wenn drei hochgewachsene Geisterelfen direkt vor ihr schwebten.

Hinter Darius Pine rangen zwei Geisterbären, während der Hexengeist hinter Bürgermeisterin Esperia ungeduldig mit dem Fuß tippte. Die Hexe verschränkte die Arme vor der Brust und gestikulierte mit scharfen Bewegungen, als würde sie ihr eine strenge Standpauke halten.

Liberty Freeman und Sebastian Malavic waren die einzigen Richter, die von der Geistererscheinung verschont blieben. Der Graf beobachtete seine Ratskollegen mit einer Spur Belustigung im Gesicht. Für ihn war das wahrscheinlich das Rätselhafteste, was er seit Langem gesehen hatte – vorausgesetzt, er konnte die Geister, die diese seltsamen Reaktionen auslösten, nicht sehen.

„Sie können sie nicht sehen", sagte Grim. *„Aber sie wissen, dass sie da sind."*

„Glaubst du, sie können sie ... hören?"

„Hm. Sieht ganz danach aus."

Ein paar Augenblicke später trat Horatio auf die Bühne und überreichte Liberty einen Zettel. Liberty, der die Situation auf der Bühne hinter sich kaum zu bemerken schien, konzentrierte sich auf das Publikum vor sich, entrollte den Zettel und verkündete den Gewinner: „Sieg mit einem knappen Vorsprung ist ... das Medium Rare!"

Die Menge jubelte.

Ich hätte vor Freude in die Luft springen sollen. Tanner tat es auf jeden Fall; er packte meine Hand und zog mich durch den Wald aus Körpern. Aber etwas fühlte sich einfach nicht richtig an, und da es mit Geistern zu tun hatte, konnte ich den Verdacht nicht loswerden, dass es irgendwie meine Schuld war. Immerhin war der Wind aufgekommen, nachdem die Juroren meinen Queso probiert hatten, und die Geister schienen nur diejenigen zu plagen, die ihn gerade gegessen hatten.

Und Tanner hatte keine Ahnung von all dem.

Ach, nichts von der Geisterwelt zu wissen – wie schön musste das sein!

Ich rang mir ein Lächeln ab, als Liberty mir die Plakette überreichte und Tanner so kräftig auf den Rücken klopfte, dass er nach vorn stolperte. Dann zog Liberty mich in eine feste Umarmung, und ich erinnerte mich an Tanners Rat. Ich atmete tief ein und ließ den Atem langsam wieder ausströmen.

Es war ein guter Tipp, obwohl Liberty so wunderbar nach Chai und Feigen roch, dass seine Umarmung nicht der schlechteste Ort gewesen wäre, um für eine Weile die Luft anzuhalten.

Als er mich losließ und ich über die Menge blickte, sah ich ein bekanntes Gesicht mit blondem Pixie-Haarschnitt und strengem Blick: Sheriff Gabby Bloom. Ihr durchdringender Blick schien wie eine stumme Anklage zu sein, und die Welle der Schuldgefühle traf mich mit voller Wucht. Und das war nicht das gewöhnliche Maß an Schuldgefühlen, das ich spürte, wenn im Geisterreich etwas schiefging, das wahrscheinlich meine Schuld war. Es war die Art von Schuld, die nur Gabby Blooms engelsgleiches Urteil hervorrufen konnte.

Ja, ich würde einiges erklären müssen.

Ich zog Tanner von der Bühne, bevor der Applaus verklang. Ich musste jemanden finden, der die Geister auch sehen konnte – und Bloom dabei aus dem Weg gehen. Blieben nur Ruby True und Ted. Ruby war natürlich nicht hier, da sie sich weigerte, das Haus an Festtagen zu verlassen, und behauptete, das sei der beste Tag im Jahr, um ungestört zu lesen. Also brauchte ich Ted.

Er war wahrscheinlich noch an seinem Tisch, wo er seine Vogelhäuschen verkaufte. Also machte ich mich auf den Weg dorthin.

„Nora, können wir uns unterhalten?"

Ich wirbelte herum und fand mich direkt vor Sheriff Bloom wieder. Höllenhunde, sie hatte keine Zeit verschwendet, mich zu finden.

Bloom war noch beeindruckender, wenn sie nicht ihre beigefarbene Sheriffs-Uniform trug, sondern in ihrer vollen Weiblichkeit mit einer Schönheit strahlte, wie ein Gemälde, das man hinter Glas und einem Samtseil ausstellte.

Ich wollte es mir nicht mit ihr verscherzen – nicht nur, weil sie die Macht hatte, mich im schlimmsten Fall hinter Gitter zu bringen, sondern weil ich sie wirklich mochte. Sie meinte es immer gut, und das war für mich alles, was zählte.

„Stimmt was nicht, Sheriff?", fragte Tanner höflich und trat einen Schritt nach vorn.

Bloom schenkte ihm ein beruhigendes Lächeln. „Nein, Tanner. Alles ist gut."

Er entspannte sich sofort, und obwohl ich nur eine vage

Ahnung von den Kräften eines Engels hatte, hatte ich das ausgeprägte Gefühl, dass sie eine Art Magie besaß, die Sorgen zerstreuen konnte.

„Ich bin gleich zurück", sagte ich und drückte Tanner die Plakette in die Hand. „Ich muss nur kurz mit Gabby sprechen. Treffen wir uns auf der Sportwiese für die Titan-Spiele?"

Bloom und ich suchten uns einen ruhigen Platz hinter dem kleinen Zelt von Pixie Mixie, und ich wartete, bis sie sprach.

„Nur damit Sie Bescheid wissen: Sie sind nicht in Schwierigkeiten, Nora."

Ich spürte, wie sich meine Schultern entspannten, aber ich versuchte, es mir nicht anmerken zu lassen, was einem Eingeständnis gleichgekommen wäre.

„Genau genommen habe ich heute frei", fuhr sie fort, „also sollte mich das hier eigentlich nichts angehen, aber ..." Sie hielt inne und musterte mich sanft, während sie die Lippen zusammenpresste. „Etwas ist mit dem Wind hereingeweht, nicht wahr?"

Der Atem, den ich angehalten hatte, entwich. „Ja. Aber Sie können es nicht sehen, oder?"

„Nein, doch ich nehme an, Sie schon – deshalb wollte ich mit Ihnen reden. Gibt es was, das ich wissen sollte?"

Gab es was, das sie wissen sollte? Ja, und ob es das gab. Aber sollte ich es ihr sagen?

Warum nicht? Etwas vor ihr zu verbergen, war so gut wie zuzugeben, dass ich es absichtlich verursacht hatte. Und das hatte ich definitiv nicht. „Ja, es sind ein paar Geister."

Sie nickte. „Welche Geister?"

„Eine bunte Mischung: Elfen, Kobolde, Hexen, Werbären und Oger."

Ein leichtes Lächeln umspielte ihre Lippen. „Interessant. Zufällig fünf der sieben Ratsmitglieder."

„Ja."

„Und was machen diese Geister?“

Das war eine gute Frage. Was genau machten sie?

Ich blickte zur Bühne, wo der Hohe Rat langsam aufstand und ebenso langsam und vorsichtig ging.

„Sieht aus, als würden sie dem Hohen Rat die Leviten lesen.“

Gabbys Augenbrauen schossen in die Höhe, und ihre Lippen öffneten sich leicht. „Wirklich?“

„Ja.“

„Gibt es Grund zu der Annahme, dass Mitglieder des Hohen Rates in Gefahr sind?“

„Nein. Nicht wirklich.“

Gabby atmete tief durch die Nase ein und hob beim Ausatmen das Kinn. „Um das klarzustellen: Sie wollen mir sagen, dass eine Brise aufkam und Geister mitgebracht hat, deren einziges Interesse darin zu bestehen scheint, dem Hohen Rat Standpauken zu halten?“

„Scheint so.“

Sie starrte gedankenverloren über meine Schulter, ein heiteres Lächeln ruhte auf ihren Lippen wie eine Feder auf einem weichen Kissen. „Göttin segne Lunasa.“ Sie sah mich wieder an. „Ich will nicht rachsüchtig aussehen, aber es ist schon schön, wenn Gerechtigkeit herrscht.“

„Wie meinen Sie das?“

„Nun, Sie haben keine Dschinns oder Vampire erwähnt, was Sinn ergibt, wenn man bedenkt, dass die beiden nach dem Tod nicht in die Astralebene übergehen. Und Liberty Freeman und Sebastian Malavic sind die einzigen beiden Ratsmitglieder, die mir nicht ständig Vorträge darüber halten, wie ich meine unmögliche Aufgabe erfüllen soll, die Sicherheit dieser Stadt zu gewährleisten, was ich schon lange getan habe, bevor Cordelia, Quinn, Darius, Siobhan oder Octavia auch nur ein Jucken in den Genitalien ihrer Eltern waren.“

Diese Bemerkung hatte ich von Sheriff Bloom nicht erwartet. „Das ist ein bisschen … rachsüchtig."

„Sie klingen überrascht."

„Ich schätze, das liegt daran, dass ich es bin."

„Missbilligen Sie es?"

Ich schüttelte den Kopf. „Überhaupt nicht. Ich respektiere Sie sogar noch mehr dafür. Ich weiß allerdings nicht, was das über mich aussagt."

Sie lehnte sich zur Seite und winkte jemandem über meine Schulter hinweg zu. „Oh, wahrscheinlich nichts", sagte sie geistesabwesend, während sie nickte und gestikulierte, dass sie gleich rüberkommen würde. Dann richtete sie ihre Aufmerksamkeit wieder auf mich. „Echo Chambers will mit mir reden – wahrscheinlich, um mich dazu zu bringen, jemanden wegen eines Modeverbrechens festzunehmen – aber bevor ich gehe, sollte ich wohl noch eine letzte Sache fragen." Ihr Gesichtsausdruck veränderte sich, und es war, als zöge eine Gewitterwolke über uns hinweg. „Haben Sie diese Geister absichtlich beschworen?"

„Nein!", sagte ich erschrocken. „Ich würde nie einen Geist beschwören. Nicht absichtlich. Ich habe auch so schon genug mit diesen Arschlöchern zu tun."

Sie schwieg einen Moment, musterte mich mit zusammengekniffenen Augen, dann lachte sie laut auf. „Ich verstehe. Und ich glaube Ihnen. Jetzt sollte ich besser los, bevor Echo einen Wutanfall bekommt." Sie legte mir eine Hand auf die Schulter. „Es war nett, mit Ihnen zu reden, Nora. Und obwohl ich annehme, dass Sie herausfinden werden, wie man die Geister vertreibt, stressen Sie sich nicht damit. Es eilt nicht." Sie zwinkerte und ging weg, und ich blieb staunend zurück.

War Sheriff Bloom … meine neue Heldin?

Ich sah mich ungläubig um und entdeckte Ted, der mich anstarrte. In seiner schwarzen Robe stach er deutlich hervor, eine dunkle Gestalt inmitten der bunten Kleidung und Dekorationen des Fests. Dann fiel mir ein, dass ich ihn nach den Geistern fragen musste, um sicherzugehen, dass ich nicht verrückt war. Man sollte meinen, ich wäre es nach sechs Monaten gewohnt, Geister zu sehen, aber nein.

Doch als ich ihn ansah, drehte er sich schnell um und verschwand in der Menge. Seltsam, selbst für Ted. Und doch nicht das Seltsamste, was ich an diesem Tag gesehen hatte. Nicht einmal ansatzweise.

Kapitel Sieben

„Ich wusste nicht, dass Feuer sowas kann", sagte ich und legte meinen Arm um Tanners Taille, während wir uns das Ende des prometheischen Bildhauerwettbewerbs ansahen.

„Um ehrlich zu sein", sagte Tanner, „ich auch nicht. Die Südwindhexen haben sich dieses Jahr wirklich ins Zeug gelegt."

Ich war völlig unvorbereitet auf das Spektakel der Titan Games. Niemand hatte erwähnt, dass es das Unglaublichste sein würde, was ich je gesehen hatte. Vom Astraius-Tanz der Nordwindhexen bis zum Atlas-Wurf, angeführt von Ogern und Werbären, und dem Epimetetholon, einem Wissenswettstreit in dem die intelligentesten Köpfe Runde um Runde immer schwerer werdender Fragen überstanden, die von Astronomie bis Zoologie reichten – mein Mund war vor Staunen ausgetrocknet, weil er so lange offenstand.

Natürlich bedeutete das, dass ich jetzt Durst hatte. Ich sah mich nach dem nächsten Getränkestand um. Der Abend rückte näher, und die Eastwinder hatten sich schon angeschickt, eine weitere große Leistung zu vollbringen – die Stadt leerzutrinken.

Octavia Pantagruel und Anton Gargantua wankten an uns vorbei, die Arme um die Schultern geschlungen und wortreicher plaudernd, als ich es Ogern je zugetraut hätte. Jeder hielt einen Krug in der freien Hand, beide fast leer, und ich vermutete, dass es nicht ihr Erster war.

„Das Trinken hat dieses Jahr ein bisschen früher angefangen?", fragte ich.

„Nein", sagte Tanner. „So ist es eigentlich immer."

„Sollen wir dann ins Sheehan's gehen?"

Er ließ seinen Blick langsam über meinen Körper wandern. „Ich hatte was anderes im Sinn."

„Ach so?"

„Eine kleine Überraschung."

„Erzähl mir mehr ..."

„Bei mir zu Hause." Er zog mich ein Stück näher.

„Du weißt, dass ich Überraschungen hasse", sagte ich spielerisch.

„Das tue ich. Und ich bin fest entschlossen, heute Abend deine Meinung zu ändern."

Obwohl die Menge sich von allen Seiten an uns vorbeidrängte, war Tanner für einen Moment der Einzige in meiner Nähe. So aufmerksam, so süß, so verdammt sexy ...

„Nora", hörte ich plötzlich eine luftige Frauenstimme hinter mir. „Nora Ashcroft, richtig?"

Ich schloss frustriert die Augen und drehte mich um. „Ja."

Siobhan Astrid starrte auf mich herab, ihre Augen hatten die Farbe von Sand, und ihr Haar, wie gesponnenes Gold, fiel ihr bis zur Taille. „Kann ich, ähm, kurz mit Ihnen reden?"

Ich warf einen kurzen Blick auf Tanner, entschuldigte mich und sagte: „Sicher."

Ich folgte ihr ein paar Schritte, und sie beugte sich nah zu mir herunter, bevor sie sagte: „Sie können Geister sehen, oder?“

Ja, damit hätte ich rechnen sollen. „Ja.“

„Und, ähm, das mag seltsam klingen, aber Donovan Stringfellow, den Sie, glaube ich, recht gut kennen, hat erwähnt, dass Sie die Geister nicht nur sehen, sondern auch vertreiben können.“

„Ja, das kann ich. Ich nehme an, Sie fragen sich, ob ich Ihnen helfen kann, die beiden loszuwerden, die direkt hinter Ihnen schweben?“

Sie riss die Augen auf. „In der Tat.“

„Im Moment kann ich das nicht, aber ich verspreche, dass ich mich darum kümmern werde. Eine Frage: Kennen Sie sie?“

„Ich kenne einen von ihnen“, sagte sie. „Meinen Urgroßvater, Anwyl. Ich erkenne die Stimme ohne Zweifel.“

Einer der Geister hielt kurz inne, um mir zuzuwinken, und ich nahm an, dass das bedeutete, dass er Anwyl war. „Und der andere?“

„Keine Ahnung“, sagte Siobhan.

Der andere Geist wandte seine Aufmerksamkeit mir zu. „Du kannst mich ruhig direkt fragen“, sagte er, „und ich sage es dir gern. Ich bin Dewain, Vater von Dorran, Anführer der Vernegal Fae und zweimaliger König von –“

Ich hob eine Hand, um ihn zu unterbrechen. „Okay, ich brauche Ihre Lebensgeschichte nicht. Woher kennen Sie Siobhan?“

„Sie ist meine Ur-ur-ur-ur-ur-urenkelin.“

Okay. Ein kleines Elfenfamilientreffen also. Waren alle Geister mit denen verwandt, die sie schalten? Das erschien sinnvoll. Wozu sonst war Familie da, wenn nicht dazu, einen aus dem Grab mit nervtötenden Ermahnungen heimzusuchen?

Zumindest hatte ich diesen Eindruck von den meisten Familien, obwohl meine Eltern, mögen sie in Frieden ruhen, mir kaum Vorträge gehalten hatten und meine Tante meistens so getan hatte, als existierte ich nicht.

Ich wandte mich wieder Siobhan zu. „Wie gesagt, ich werde mich darum kümmern."

„Bald?" Ihre Augen flehten mich an. „Ich weiß nicht, wie lange ich noch von der ‚guten alten Zeit' hören kann. Und sie sind, ähm", sie sah sich um, um sicherzugehen, dass niemand lauschte, „ein bisschen rassistisch."

„Das nennt man Standards", sagte Dewain. „Niemals in tausend Jahren hätte ich mich mit Leuten wie Kobolden und – Erde schütze uns – *Vampiren* eingelassen."

Siobhan zog eine Augenbraue hoch, als wollte sie sagen: „Sehen Sie?"

Ich nickte. „Verstanden. Ich mache mich gleich an die Arbeit."

Als ich wieder zu Tanner kam, hob er fragend die Hände. „Und gerade ging es um …?"

Als wir einem kleinen Rinnsal von Leuten den Berg hinunter folgten, sagte ich: „Ich erzähle es dir später. Wenn wir bei dir sind."

Er lachte. „Nora, Konversation ist nicht Teil des Plans."

Ich spürte, wie mir die Hitze ins Gesicht stieg, als ich zu ihm aufblickte. Er sah mich an, als hätte er seit Tagen nichts gegessen und ich wäre ein Stück medium gebratenes Filet Mignon. Ich räusperte mich und versuchte, nicht so eingeschüchtert und erregt zu wirken, wie ich war. „Dann werde ich es kurz machen."

„Ich rieche Pheromone."

Ich hatte Grim nicht kommen hören – er bewegte sich erschreckend leise für ein so großes Tier. Ich sah nach rechts, und da war er, trottete neben uns den Berg hinunter. *„Wir gehen zu Tanner. Interesse?"*, fragte ich. *„Ich weiß, Monster würde sich freuen, dich zu sehen."*

„Das würde sie bestimmt. Und ich mag sie nicht ganz. Ich meine, für eine Katze ist sie ganz okay."

„Heißt das, du kommst mit?"

„Ja, nein danke. Nicht bei dem Gestank, den ihr beiden verströmt. Du weißt, dass ich ein extrem empfindliches Gehör habe, oder?"

„Du hast es erwähnt. Wo wir gerade davon reden, hörst du immer noch die Höllenhunde?"

„Oh ja. Diese Idioten halten einfach nicht die Klappe."

„Was denkst du, woran das liegt? Die plötzliche Aktivität, meine ich."

„Ich habe eine Theorie, aber –"

„Ihr geht schon?"

Donovan sprang vor uns und begann, rückwärts den Hügel hinunterzulaufen. Er kniff die Augen zusammen. „Oh, entschuldigt die Störung. Mir ist aufgefallen, dass ihr beide nicht geredet habt, aber ich wusste nicht, dass du trotzdem irgendwie kommunizierst."

„Häh?", fragte Tanner verwirrt.

„Sie hat mit Grim geredet", erklärte Donovan.

„Woher willst du das wissen?", fragte Tanner in einem Ton, der wie ein versteckter Seitenhieb klang.

Donovan streckte die Hand aus und strich mir mit der Fingerspitze über die Stirn. Ich wollte sie wegschlagen, aber er hatte sich schon zurückgezogen. „Sie hat diese Falte auf der Stirn, wenn sie mit ihm spricht."

Tanner beugte sich vor und reckte den Hals, um mein Gesicht zu begutachten. „Ist mir nie aufgefallen. Das ist … aufmerksam." Er blinzelte schnell, seine Augen wanderten zwischen Donovan und mir hin und her.

Ich wusste genau, was Donovan da machte. Und, verdammt, es funktionierte, obwohl ich ihm und seinen Tricks auf die Schliche gekommen war.

„Hat er recht?“, fragte Tanner. „Hast du mit Grim gesprochen?“

„Ja“, sagte ich beiläufig, bevor ich mich Donovan zuwandte. „Irgendwie unheimlich, dass du mich so genau beobachtet hast. Hast du nichts Besseres zu tun?“

„Nein“, sagte er. „Ihr beide geht wohl ins Sheehan's?“

Tanner sprach schnell, und bildete ich es mir nur ein, oder klang seine Stimme eher so, wie er mit Graf Malavic im Zelt gesprochen hatte, als sein üblicher kumpelhafter Ton, den er normalerweise mit seinem besten Freund anschlug? „Nein. Wir gehen zu mir nach Hause.“

Für den Bruchteil einer Sekunde sah ich es in Donovans Augen: den Schmerz, die Eifersucht. Sosehr er auch versuchte, es zu verbergen, ich sah es – und fragte mich, ob Tanner es auch bemerkt hatte oder ob es nur mein Wissen über die Geschehnisse in den Deadwoods war, das mir half, diese unwillkürliche Reaktion wahrzunehmen.

„Dann viel Spaß euch beiden“, sagte er grinsend. „Dann muss ich wohl im Sheehan's für jeden von euch einen trinken.“

Tanners übliche Freundlichkeit kehrte zurück, als er sagte: „Vergiss nicht, auch eins für Eva zu kaufen.“

Donovan zeigte auf ihn und zwinkerte. „Du weißt doch, dass ich das perfekt drauf habe.“

Moment, was?

„Bis dann“, sagte Donovan, dann drehte er sich um und eilte vor uns den Berg hinunter.

„Worum ging es nochmal im letzten Teil?“

Tanner legte seinen Arm um meine Schulter. „Welcher letzte Teil?“

„Das über Eva. Läuft da was, oder –“

Tanner lachte. „Ach, du kennst Donovan. Er heißt gerne neue Hexen in der Stadt willkommen.“

„Wenn du ‚willkommen‘ sagst, meinst du …“

„Ich bin mir nicht sicher, was genau ich meine. Er und ich reden nicht darüber. Ich weiß nur, dass er Selena gegenüber extrem freundlich war, als sie vor ein paar Jahren hier angekommen ist, und dass er und Zoe ziemlich viel Zeit miteinander verbracht haben, als sie frisch aus Avalon gekommen ist. Und jetzt ist Evangeline hier, und er hat sie die letzten paar Wochenenden in die Lyre Lounge ausgeführt. Er ist so was wie Eastwinds Ein-Mann-Begrüßungskomitee für alle neuen, alleinstehenden Hexen. Na ja, außer für dich.“

„Stimmt. Außer für mich.“

„Hat Grim sich verschluckt?“, fragte Tanner besorgt.

So hörte sich das für Tanner an? Interessant. Aus meiner Sicht war es ganz klar Kichern. „Er wird's überleben“, sagte ich, und fügte dann hinzu: „Oder er wird sterben. Ich mache mir so oder so keine großen Sorgen.“

Als wir den Fuß des Berges erreichten und in die Stadt zu Tanners kleinem Reihenhaus in der Amethyst Lane gingen, wusste ich genau, wo meine Gedanken sein *sollten*: bei Tanner, bei der Überraschung, die mich erwartete. Vielleicht wären sie dort gewesen, wenn ich ein besserer Mensch wäre, wenn ich wirklich die neue Nora wäre.

Aber dort waren meine Gedanken nicht. Überhaupt nicht.

Kapitel Acht

„Tut mir leid, Monster", sagte Tanner, als seine Vertraute uns an der Tür begrüßte. „Grim hat beschlossen, nicht mitzukommen."

Die Munchkinkatze fauchte und schlich die schmale Treppe hinauf, die vom Eingangsflur zum Arbeitszimmer … und zu Tanners Schlafzimmer führte.

Es lief alles darauf hinaus: Würden wir nach oben gehen oder ins winzige, spärlich eingerichtete Wohnzimmer?

Und noch wichtiger: In welche Richtung *wollte* ich gehen?

Nach oben. Auf jeden Fall nach oben. Natürlich. Warum hatte ich das überhaupt gefragt? Dumm.

Tanner bog ins Wohnzimmer ab.

Oh, Gaia sei Dank!

„Lass hören", sagte er, ließ sich auf sein Sofa fallen, lehnte sich zurück und streckte sich. Dann klopfte er auf das Kissen neben sich.

Ich ließ mich neben ihm nieder und legte sofort los. „Dieser Wind, der plötzlich geweht hat, gleich nachdem die Juroren unseren Beitrag probiert hatten –"

„Unseren preisgekrönten Beitrag", korrigierte er mit einem sexy schiefen Grinsen.

„Richtig. Also der Wind hat Geister mitgebracht."

Sein verschmitztes Lächeln verschwand, und seine Augenbrauen schnellten in Richtung seines Haaransatzes. „Wie bitte?"

„Einen Haufen Geister. Geister in Hülle und Fülle."

Er bewegte den Kopf nicht, aber seine Augen huschten durch den Raum. „Sind im Moment Geister hier bei uns?"

„Nein."

Er entspannte sich sichtlich. „Also, wo sind die Geister hin?"

„Genau das ist der Punkt. Sie haben sich an den Hohen Rat geheftet. Na ja, an alle außer Sebastian und Liberty."

„A-ha."

Ich wusste, dass es einen Moment dauern würde, bis er es verarbeitet hatte, also ließ ich ihm Zeit, eine Anschlussfrage zu stellen. Schließlich kam ein „Warum?"

„Soweit ich das beurteilen kann, um ihnen die Leviten zu lesen."

„Die Leviten zu lesen? Hat jemand labernde Geister beschworen?"

„Sieht so aus."

„Und wer würde sowas tun?"

Ich dachte an die nicht gerade rosigen inoffiziellen Beliebtheitswerte des Hohen Rates, die ich aus den Beschwerden treuer Kunden im Medium Rare entnommen hatte, und wollte sagen: „Wer würde nicht gern einen Haufen Geister beschwören, die gewählte Amtsträger pausenlos zurechtweisen?" Ich meine, verdammt, wenn diese Macht in meiner Heimatwelt leicht verfügbar gewesen wäre, hätten wir vielleicht aufrichtigere Politiker.

Oder durchgeknalltere (falls das überhaupt möglich ist). Das Ganze könnte wahrscheinlich so oder so ausgehen.

„Bin mir noch nicht sicher", sagte ich. „Aber nachdem ich mit Siobhan gesprochen habe, denke ich, dass die Geister, die bei jedem Ratsmitglied sind, ihre Vorfahren sein könnten. Zumindest ist es bei ihr so."

„Guter Golem", schnaubte er. „Das ist echt mal was Neues. Und du hast gesagt, das ist direkt nach dem Wettbewerb passiert?"

Ich nickte und wusste genau, auf welche Schlussfolgerung er hinarbeitete, denn ich war schon auf dem Weg hierher auf dieselbe gekommen.

„Weißt du noch, als Monster den Haarballen in den Geschmacksverstärkertrank gewürgt hat und Grim und ich die Körper getauscht haben?", fragte er.

„Und ich einen ganzen Nachmittag damit verbracht habe, Grim durch deinen Mund sprechen zu hören? Ja, das hat sich für immer in mein Gedächtnis eingebrannt."

„Ja, mir auch. Denkst du, jemand könnte den Queso manipuliert haben? Irgendwas hineingemischt oder eine Zutat ausgetauscht haben, die Geister heraufbeschworen hat?"

Das war sicherlich möglich. Warum jemand das tun sollte, war eine ganz andere Frage. „Sicher, warum nicht? Die Vorstellung, dass unser Beitrag dafür verantwortlich sein könnte, finde ich nicht gerade toll, aber der Zeitpunkt ist verdächtig."

Er starrte ein paar Sekunden lang über meine Schulter an die Wand, und ich ließ ihn nachdenken, ohne ihn zu unterbrechen. „Okay", sagte er schließlich. „Dann sind also fünf der sieben Ratsmitglieder verflucht, weil die Geister ihrer Vorfahren ihnen einen Besuch abstatten. Wer sind die offensichtlichsten Verdächtigen? Wer würde das wollen?"

Ich zuckte die Achseln. „Die meisten Leute? Aber Liberty und Malavic sind nicht betroffen. Bloom hat mir schon erklärt, dass weder Dschinn noch Vampire in die Astralebene übertreten, was bedeutet, dass weder Liberty noch Sebastian heimgesucht werden können. Die meisten Leute in Eastwind wissen das wahrscheinlich über Dschinn und Vampire, oder?"

„Ja."

„Wenn also jemand es auf den Hohen Rat abgesehen hätte, wüsste er, dass diese beiden verschont bleiben würden. Sie sind also nicht das Ziel."

Er nickte zustimmend. „Aber das schließt nicht aus, dass sie es getan haben."

„Richtig", sagte ich. Die Möglichkeiten schwirrten in meinem Kopf, und die Erschöpfung des Tages begann zu verschwinden. „Sagen wir, es war tatsächlich der Queso, der das bewirkt hat. Wir wissen, dass Sebastian im Zelt Zugang dazu hatte, aber hatte Liberty das auch?"

Tanner runzelte die Stirn. „Das glaube ich nicht. Er war während der Feierlichkeiten überall. Ich bezweifle, dass er sich die Zeit genommen hätte, ins Zelt zu schleichen und den Queso zu verfluchen. Er war zuerst beim Eintauchen, dann ist er direkt zum Kranzbogen gegangen, und ich bin mir ziemlich sicher, dass er danach sofort zur Bühne für den Wettbewerb gegangen ist. Aber Sebastian ... ja, er hatte jederzeit Zugang." Tanner schien genauso aufgedreht zu sein wie ich, denn er umklammerte sein Knie, kaute auf seiner Lippe und nickte langsam angesichts unseres Fortschritts.

„Ich schätze, wir haben unseren ersten Verdächtigen. Ich wünschte nur, wir könnten den Zeitraum eingrenzen, in dem der Queso manipuliert wurde. Ich meine, ich habe ihn gestern Morgen selbst probiert, aber da ich sowieso Geister sehe, wäre das für mich nichts Ungewöhnliches. Und vielleicht bin ich immun dagegen, weil meine Vorfahren nicht aus Eastwind sind. Es könnte sein, dass sie nicht von der einen in die andere Welt wechseln können."

„Vielleicht", sagte er, aber in dem Wort hörte ich eine leichte Reibung. Er seufzte. „Ich schätze, ich sollte einfach reinen Tisch machen."

Ich schluckte und schwieg, während er die Augen schloss und fortfuhr: „Ich habe mir was von dem Queso stibitzt." Er öffnete ein Auge und fügte entschuldigend hinzu: „Nur ein bisschen. Tut mir leid, Nora! Es hat so gut gerochen."

Ich entschied mich, großzügig über seine Schwäche hinwegzusehen, schließlich hatten sowohl er als auch Grim schon zuvor ähnliche Grenzen in ihrer Selbstbeherrschung gezeigt. Stattdessen fragte ich nur: „Und?"

Das schien nicht die Reaktion zu sein, die er erwartet hatte, und er blinzelte überrascht. „Und was?"

„Und wie war's?"

Er nickte ehrfürchtig und antwortete, kaum mehr als ein Flüstern: „Es war unglaublich."

Ich beschloss, ihm diesen Fehltritt zu verzeihen, denn ehrlich gesagt hatte ich vermutet, dass er kosten würde. Verdammt, ich hätte das an seiner Stelle auch gemacht. „Verdammt richtig. Wann hast du ihn stibitzt?"

„Du bist nicht böse?"

Ich winkte ab. „Ich wäre nur böse, wenn du gesagt hättest, dass er dir nicht geschmeckt hat."

„Gestern Morgen, bevor ich losgegangen bin, um Besorgungen zu machen. Ich habe mich in den Gefrierschrank geschlichen, mir einen Löffel genommen und den Queso magisch aufgewärmt. Ich konnte einfach nicht aufhören, daran zu denken. Ich wusste, dass ich das nicht sollte und dass du noch daran gearbeitet hast, aber ich konnte nicht anders."

Obwohl ich bezweifelte, dass es nur ein einziger Löffel gewesen war, beließ ich es dabei. „Okay, wenn es der Queso war, dann muss die Manipulation irgendwann zwischen dem Zeitpunkt, als du ihn gestern probiert hast, und dem, als die

Juroren ihn gegessen haben, passiert sein. Wer hatte in dieser Zeit unseres Wissens Zugang dazu?"

„Graf Malavic", sagte er.

„Der schon ein Verdächtiger ist."

„Und ich schätze, Anton hatte Zugang, aber –"

Wir sahen uns an und sagten gleichzeitig: „Nein."

„Er würde nichts tun, was dem Medium Rare schaden könnte", sagte ich mit ziemlicher Sicherheit. „Außerdem ist er zu gut mit Octavia Pantagruel befreundet. Ich glaube, die beiden sind in benachbarten Höhlen aufgewachsen. Es ergibt keinen Sinn, etwas zu tun, das seiner Freundin schadet."

Ich überlegte gründlich, bevor ich weitersprach, denn ich wusste, dass Tanner das nicht gefallen würde und es einige Themen aufwerfen könnte, die ich im Moment lieber nicht ansprechen wollte. Aber es war trotzdem notwendig. „Als wir den Queso abgeliefert haben, habe ich gesehen, dass der Beitrag von Franco's Pizza noch nicht da war. Der Platz unter ihrem Schild war leer. Das bedeutet, dass derjenige, der ihn abgeliefert hat, vielleicht auch Zugang zu unserem Queso gehabt haben könnte. Wenn sie wirklich gewinnen wollten –"

„Auf keinen Fall", sagte Tanner entschieden. „Donovan würde das nicht tun, nur um uns zu schlagen."

„Ähm, erstens habe ich nie gesagt, dass es Donovan war. Es hätte auch Trinity oder irgendjemand gewesen sein können."

„Aber ich weiß, dass du Donovan hasst, also wolltest du darauf hinaus."

„Ich hasse ihn nicht", blaffte ich.

Er ruderte zurück. „Okay, vielleicht ist ‚hassen' ein zu starkes Wort, aber du und er, ihr habt euch noch nie wirklich gemocht. Das ist ziemlich offensichtlich. Macht es mir das das Leben schwer? Ja. Bin ich bereit, damit zu leben, weil du meine Freundin und er mein bester Freund ist? Ja. Aber ich bin nicht bereit zu glauben, dass er irgendwas tun würde, das meinen

Lebensunterhalt gefährden könnte. Wenn sich herumspricht, dass die Besitzer des Medium Rare irgendwelchen Mist mit ihrem Essen machen, sind wir erledigt, Nora. Cremiger, köstlicher, preisgekrönter Queso hin oder her."

Das wusste ich natürlich. Schließlich war ich schon länger in der Branche als er und wusste, was mit Restaurants passierte, wenn Gerüchte über die Sicherheit ihrer Lebensmittel in den Umlauf gerieten. Selbst wenn die Gerüchte vollkommen unbegründet sind, war es immer schwerer, sie auszuräumen, als sie in die Welt zu setzen, und dank Social Media wurde Schadensbegrenzung oft innerhalb weniger Stunden unmöglich.

Eastwind hatte zwar keine Social Media, aber immerhin ein mächtiges Netzwerk von Eulen und Wichtigtuern, das fast genauso schnell funktionierte wie das Internet.

„Okay", sagte ich. „Ich werde mich nicht von meinen persönlichen Gefühlen beeinflussen lassen."

Keine Sorge, das hatte ich auf jeden Fall vor. Denn Tanner verstand das Ausmaß meiner persönlichen Gefühle nicht wirklich, also würde ich Donovan festnageln, bis ich sicher war, dass er nichts Dummes angestellt hatte.

„Wir haben also einen Verdächtigen mit Gelegenheit", sagte Tanner, „aber keinen mit einem klaren Motiv."

„Nun ja, ein vages Motiv haben wir. Die Mehrheit der Leute in Eastwind mag den Hohen Rat nicht und hätte sicher nichts dagegen, ihn einer langen, unausweichlichen Standpauke auszusetzen."

„Das scheint mir nicht genug zu sein." Dann fügte er hinzu: „Ah, richtig. Wahrscheinlich weißt du das gar nicht."

„Was weiß ich nicht?"

„Nekromantie mit der Absicht, Schmerz und Leid zu verursachen, ist ein Vergehen zweiten Grades."

„Ich weiß, dass es illegal ist – Ruby hat mich sofort bei

meiner Ankunft darauf hingewiesen –, aber was genau ist ein Vergehen zweiten Grades?"

„Das bedeutet, dass man dafür drei Jahre bis lebenslänglich ins Ironhelm Penitentiary wandern kann."

„Drei Jahre bis lebenslänglich?! Wer ist bitte auf die Idee gekommen, dass das eine angemessene Spanne ist? Für *irgendwas*?"

Er zuckte die Achseln. „Wahrscheinlich irgendeine Hexe, die schon lange tot ist und einen Groll gehegt hat. Die meisten Gesetze in Eastwind stammen von solchen Leuten. Nicht, dass irgendein Richter tatsächlich die Höchststrafe verhängen würde, aber es ist theoretisch möglich. Jedenfalls glaube ich nicht, dass jemand das Risiko wegen einer Kleinigkeit eingehen würde, wie dass der Rat zu lange für die Haushaltsgenehmigung braucht oder das Mindestalter für den Kauf von Zauberstäben gesenkt wird. Es müsste schon was Konkreteres sein."

„Oder", begann ich, während sich in meinem Kopf langsam eine Theorie zusammenfügte, „es könnte völlig unbeabsichtigt passiert sein."

„Willst du damit sagen, dass du es vielleicht getan hast?"

„Ich? Nein, nein, nein. Oder, na ja, okay, ich schätze, ich könnte es theoretisch *versehentlich* gemacht haben, aber ich bin mir ziemlich sicher, dass dem nicht so ist. Ich meine, sicher, die Magie des Fünften Windes weist in meine Richtung, aber ich habe schon tausendmal Queso gemacht, und keine der Zutaten hat was mit Hexerei zu tun." Ich ging die Zutatenliste noch einmal durch. „Vielleicht Koriander, aber ... nein."

„Die einzige andere Person, die mit dem Tod spielt, ist Ruby", sagte Tanner. „Aber sie war nicht einmal in der Nähe, was bedeutet, dass wir sie ausschließen können – es sei denn, sie ist viel mächtiger und dem Chaos mehr zugetan, als ich vermute."

Ich tippte nachdenklich mit dem Finger auf meine Lippen, als mir eine neue Theorie einfiel. „Warte. Vielleicht ist es das."

Tanner neigte den Kopf, hob die Augenbrauen und gab mir die Zeit zum Nachdenken, die ich brauchte.

„Ted", sagte ich schließlich. „Was ist mit Ted? Er hat gestern diese Schockwelle der Angst durchs Restaurant geschickt. Was, wenn sie den Queso irgendwie verdorben hat?"

Er schien von der Idee beeindruckt zu sein, denn er schob die Unterlippe vor und nickte nachdenklich. „Interessant. Das könnte ich mir tatsächlich vorstellen."

„Und es war, nachdem du heimlich davon gekostet hast, also passt es immer noch."

„Das bedeutet, wir haben Graf Malavic und Ted als Verdächtige."

Ich verkniff es mir, Donovan zu erwähnen. „So ist es."

„Das ist ein guter Anfang." Er klopfte sich auf die Oberschenkel und stand auf, dann stellte er sich direkt vor mich. „Ich schätze, wir können nichts anderes tun, als sie zu finden und zu sehen, ob wir nicht irgendwas rausfinden können."

Ich sah zu ihm auf. „Aber was ist mit der Überraschung?"

Er neigte den Kopf wieder und sah mich mit diesem „*Ernsthaft, Nora?*"-Blick an. „Du weißt genauso gut wie ich, dass du, wenn du einmal in diese Ermittlungen hineingezogen wirst, nur noch ein Ziel vor Augen hast, bis es vorbei ist. Lass es uns zu Ende bringen. Die Überraschung bekommst du, wenn alles geklärt ist."

Ich seufzte. Ich wollte Tanner nicht enttäuschen, aber er hatte recht. Es fiel mir schwer, mich auf mehr als ein Projekt gleichzeitig zu konzentrieren, vor allem, wenn es so geheimnisvoll war. Wahrscheinlich hätte ich es bei ihm zu Hause verdrängen können, aber jetzt, da wir alle möglichen Verdächtigen durchgegangen waren, wollte ich nichts lieber, als mit Ted und Sebastian zu reden.

Ich stand auf. „Tut mir leid", sagte ich.

Tanner lachte leise, schlang die Arme um mich und zog mich fest an seine Brust. „Wir haben alle Zeit der Welt, Nora. Das hier ist nur eine von vielen Überraschungen." Er ließ mich los, legte die Hände auf meine Schultern und sah mir in die Augen. „Jetzt lass uns ins Sheehan's gehen, bevor alle zu betrunken sind."

Kapitel Neun

Ich wusste in dem Moment, als Sheehan's Pub in Sicht kam, dass es der beste und zugleich schlechteste Ort war, um Verdächtige zu befragen.

Es war der beste Ort, weil sie unmöglich nicht dort sein konnten. An einem *ruhigen* Abend konnte man Malavic und Ted dort antreffen, und Donovan hatte seine Absichten mit Eva schon klargemacht.

Aber es war auch der schlechteste Ort, weil es angesichts der Menge, die durch die Eingangstür strömte, keine Chance für ein privates Gespräch gab – vorausgesetzt, wir schafften es überhaupt durch die Leute und in den Laden.

Ich wünschte, Grim wäre bei uns. Seine Todesomen-Ausstrahlung sorgte immer für Platz in einer Menschenmenge. Aber als wir näher kamen, übernahm Tanner die Führung, und alle waren mehr als bereit, einen halben Schritt zur Seite zu treten, um Eastwinds Lieblingshexe durchzulassen.

Ich entdeckte Sebastian Malavic. Trotz der dicht an dicht stehenden Menge hatte er es geschafft, seinen üblichen Platz an der Bar einzunehmen. Er saß entspannt auf dem Hocker, die

Unterarme auf die Ecke der Theke gestützt, während er sein Weinglas in einer Hand hielt und sich mit Fiona Sheehan unterhielt, die Bierkrüge von Hand abtrocknete.

„Da ist er", sagte ich und deutete durch den lauten Raum. Kaum hatte ich das gesagt, drehte er den Kopf herum, als hätte er mich gehört, und täuschte lebhaft Schock vor, deutete auf sich selbst und formte lautlos mit dem Mund: „Ich?"

„Cool", sagte Tanner. „Lass uns mit ihm anfangen."

Ich drehte mich um, sah ihn an und legte meine flache Hand an seine Brust. „Lass mich das machen. Geh und trink was, amüsier dich."

Er beugte sich vor, damit ich ihn besser hören konnte. „Du willst meine Hilfe nicht?" Er sah ein wenig verletzt aus, also log ich schnell: „Ich habe nur ein schlechtes Gewissen, weil ich die Überraschung ruiniert habe. Ich möchte, dass du heute Abend wenigstens ein bisschen Spaß hast. Sieh dich um! All deine Freunde sind hier."

„Du musst kein schlechtes Gewissen haben", sagte er, aber seine Stimmung hellte sich bereits auf. „Aber ja, ich glaube, ich habe Liberty auf dem Weg hierher gesehen, und ach, ich liebe ihn einfach. Ich werde mal Hallo sagen gehen." Dabei strahlte er über das ganze Gesicht, also lächelte ich zurück, stahl mir einen schnellen Kuss und ging dann zu Sebastian.

„Also immer noch mit dem Culpepper-Jungen zusammen?", fragte Malavic, sobald ich mich neben ihn gequetscht hatte.

„Ja, ich bin immer noch mit ihm zusammen. Du hast uns doch heute Morgen zusammen gesehen."

Er trank träge von seinem Wein, während seine Augen meine nicht losließen. „Ah, tatsächlich, aber da ihr beide das Fest so schnell verlassen habt, dachte ich, dass irgendwas passiert ist. Natürlich habe ich auf eine Trennung getippt, obwohl ich gewettet hätte, dass ihr noch ganze drei Wochen länger zusammenbleibt, bevor eure offensichtliche Inkompatibilität die Beziehung in einem lodernden Flammenmeer untergehen lässt."

„Danke für deine Sorge", sagte ich trocken, „aber zwischen Tanner und mir ist alles in Ordnung."

Er riss die Augen auf, sodass der dünne orangefarbene Ring um seine Pupillen hervortrat. „Nur in Ordnung? Nicht großartig?"

„Du weißt, was ich meine."

„Oh, das weiß ich. Ich frage mich nur, ob *du* weißt, was du meinst." Er nippte an seinem Wein.

Um Himmels willen, ich konnte diesen Vampirarsch nicht ausstehen. Allein seine Arroganz brachte mich dazu, gegen eine Wand schlagen zu wollen.

„Ich bin nicht hergekommen, um über meine Beziehung zu reden", sagte ich.

„Dem Himmel sei Dank dafür."

Ich schluckte meinen Ärger hinunter und machte weiter. „Ich muss mit dir über den Kochwettbewerb reden."

„Ah! Ja!", sagte er, und jemand, der nicht in seine Spielchen eingeweiht war, hätte seinen Tonfall vielleicht als echte Begeisterung missverstehen können. „Übrigens, herzlichen Glückwunsch. Wer hätte gedacht, dass geschmolzener Käse und gepresster Mais zum besten neuen Gericht in Eastwind gekürt werden würden? Ach ja, genau, *jeder*. Das hätte jeder erraten können. Ich gebe zu, ich war aufgeregt, als ich zum ersten Mal gehört habe, dass eine Nekromantin nach Eastwind gekommen ist. Ich dachte, hey, vielleicht belebt jemand die Küche dieser Stadt wieder! Und ich muss sagen, Nora, du hast es wirklich versucht. Ich hege sogar den Verdacht, dass du noch mehr Tricks auf Lager hast, für die die Gaumen dieser Stadt noch nicht bereit sind." Er lachte. „Na ja, erwarte nicht zu viel."

„Sagt der Mann, der in einem Pub Rotwein trinkt. Welch erlesener Geschmack", sagte ich bissig.

Die Mundwinkel seiner dünnen, blassen Lippen bogen sich nach oben. „Es ist eine Schande, dass du deine Zeit mit diesem Culpepper-Jungen verschwendest. Ich denke, du und ich könnten zusammen Spaß haben." Er stellte sein Glas ab und drehte sich ganz zu mir um. „Nur damit du's weißt, der Wein, den ich hier trinke, ist exorbitant teuer, weil er aus Havanoi importiert wird, einem Reich, das von Avalon abzweigt. Ich lasse mir einmal im Monat eine Kiste hierher liefern, damit ich die Gesellschaft der einfachen Einheimischen genießen kann, ohne die Integrität meines erlesenen Geschmacks aufgeben zu müssen. Möchtest du ein Glas probieren? Ich lasse dir gern eines von Fiona einschenken. Natürlich auf meine Kosten, da ich bereits dafür bezahlt habe."

Höllenhunde, ja, ich wollte diesen Wein probieren! In diesem Moment wollte ich nichts lieber tun. Ich vermisste den Geschmack von teurem Wein, und die Aufregung, mit einer neuen Farbe auf einer vertrauten Leinwand zu experimentieren, war groß.

Aber wenn Sie glauben, ich würde irgendwas von Graf Malavic annehmen, haben Sie nicht aufgepasst. „Nein danke. Ich bin nicht hier, um zu trinken. Ich bin hier, um mit Ihnen über den Queso zu sprechen."

Er rollte die Augen und drehte sich wieder zur Bar. „Fiona, meine Liebe! ", rief er und winkte sie heran. Als sie in seine Richtung sah, hob er sein Glas und deutete darauf. Sie lächelte und nickte.

„Ich werde mehr Wein brauchen, wenn wir ein ganzes Gespräch über geschmolzenen Käse führen wollen."

Glaubte er wirklich, dass es hier *nur* um den Queso ging? Er hatte Jahre, vielleicht sogar Jahrhunderte gehabt, um die Kunst zu perfektionieren, seine Gefühle zu kontrollieren. Daher wäre es unklug anzunehmen, dass er unschuldig war, nur weil er keine Anzeichen von Schuld zeigte.

Meine einzige Hoffnung war, ihn unvorbereitet zu erwischen, also kam ich direkt zur Sache. „Hast du meinen Beitrag manipuliert?"

Er kniff die Augen zusammen und neigte den Kopf. „Nora, du leidenschaftliche Frau, das Verdienst für die mäßige Anerkennung deines Gerichts gebührt ganz dir. Das würde ich dir nicht vorenthalten."

„Nein, ich meine, hast du was damit gemacht, das dazu geführt hat, dass eine Menge Geister mit dem Wind in die Stadt geweht wurden?"

Er lachte, und ich hätte schwören können, dass es echte Belustigung war. „*Das* war es also? Ich bin nicht besonders kälteempfindlich, vor allem nicht gegen die Kälte des Todes, die jemandem wie mir gleichermaßen vertraut und fremd ist, aber ich hatte schon vermutet, dass der Wind kein einfacher, einsamer Windstoß war. Ich dachte, dass vielleicht irgendwo ein Aeromant einen Wutanfall hatte. Aber was du sagst ist nicht nur plausibler, es ist absolut faszinierend." Er beugte sich vor. „Erzähl mir mehr."

„Mehr gibt es nicht zu erzählen. Eine Minute, nachdem die Richter meinen Queso gegessen hatten, hat der Wind eine kleine Horde Geister auf den Festplatz geweht, die sich an die Mitglieder des Hohen Rats geheftet haben."

Amüsiert blickte er nach oben, als suchte er die Luft über seinem Kopf ab. „Sind sie jetzt hier?"

„Nein. Sie haben sich nicht an dich geheftet. Oder an Liberty."

„Ist das nicht verdächtig?", sagte er, und sein Grinsen war wie ein tiefer Riss in der Erde.

„Ja, und das Timing lässt sich nicht ignorieren. Ich habe nichts getan, um diese Geister zu beschwören, was bedeutet, dass es jemand anderes getan haben muss, und die einzige Person, die die Gelegenheit hatte, meinen Beitrag zu manipulieren, warst du."

Ein Muskel in seinem Kiefer zuckte, und er lehnte sich zurück. „Das ist einfach nicht wahr. Außerdem sind das spirituelle Reich und ich nicht gerade einer Meinung. Ich habe nicht die Magie, um irgendetwas von dort zu beschwören. Und selbst wenn ich sie hätte, würde ich es lieber nicht tun. Ich beschäftige mich ausschließlich mit dieser Ebene und sorge dafür, dass diejenigen, die nie hinübergehen möchten, ihren Wunsch erfüllt bekommen." Fiona füllte sein Glas nach, sagte kurz Hallo zu mir und verschwand wieder. „Wo wir gerade davon reden, wenn ich mich nicht irre, bist du schon hinübergegangen. Wenn du entscheidest, dass einmal genug ist, würde ich dich gern zu meiner Schöpfung machen. Du musst nur fragen." Er lachte leise. „Nun, das ist nicht *alles*, was du tun musst. Es gäbe noch andere, ähm, Pflichten, die dir zugewiesen werden. Pflichten, die deinem kleinen Freund vielleicht missfallen würden."

„Ihhh. Kein Interesse. Aus einer Reihe von Gründen." Ich musste das Gespräch wieder auf Kurs bringen. „Du sagst also, du hast den Queso nicht manipuliert?"

„Das sage ich. Aber du scheinst den anderen wichtigen Punkt übersehen zu haben, den ich angesprochen habe, nämlich dass ich nicht der Einzige bin, der Zugang dazu hatte."

Ich versuchte, mein Interesse nicht zu zeigen, aber ich war in solchen Dingen nicht annähernd so bewandert wie er, und seine schmalen Nasenflügel bebten vor Zufriedenheit angesichts meines offensichtlichen Interesses. „Sheriff Bloom wollte mit mir wegen des vermissten Goldes sprechen, und dafür habe ich das Zelt verlassen. Als ich zurückkam, war der letzte Beitrag abgeliefert worden. Das heißt, jemand war im Zelt, während ich weg war."

Ich wusste schon, was er sagen würde, bevor ich die Frage aussprach, aber ich musste mich trotzdem absichern. „Welcher Beitrag war das?"

„Der von Franco's Pizza."

„Und wer hat ihn gebracht?"

Er zuckte die Achseln. „Bin mir nicht sicher. Der Stringfellow-Junge ist hier irgendwo in der Nähe. Wenn du seine Aufmerksamkeit von Miss Moody ablenken kannst, die ein echter Leckerbissen ist, kann er dir vielleicht mehr erzählen."

Ich hatte sowieso vor, mit Donovan zu sprechen, aber das wollte ich Malavic nicht wissen lassen. Also sagte ich stattdessen nichts, bevor ich mich umdrehte und ging.

„Kein Dankeschön?", rief er mir nach, aber ich ignorierte ihn.

So ungern ich es auch zugab, es schien nicht so, als ob Graf Sebastian Malavic derjenige gewesen war, der den Queso manipuliert hatte.

Damit blieben nur zwei Verdächtige übrig: Ted und Donovan.

Ich wusste bereits, dass es mit Donovan besonders unangenehm werden würde, also beschloss ich, zuerst Ted zu finden, in der Hoffnung, dass er irgendwas in der Art sagen würde wie: „Ja, die Sache mit der Angst könnte durchaus die Ursache gewesen sein, und so kannst du es beheben." Auf diese Weise würde ein Gespräch mit Donovan unnötig werden, und ich könnte die Sache zu Ende bringen und aus diesem überfüllten Pub verschwinden, in dem der Alkoholpegel um mich herum immer weiter stieg.

Ich fand den Sensenmann in der Ecke, wo er ein Spiel mit Landon Hawker spielte, das aussah wie eine Mischung aus Shuffleboard und Mine Field. Als ich näher kam, ließ Ted einen roten Puck über das Brett gleiten und stieß einen blauen in eine Rinne an der Seite des Bretts, wo er sich zu feinem Sand aufblähte und in sich zusammenfiel. Ted stieß die Faust in die Luft, wodurch sein ausgebeulter Ärmel nach hinten rutschte und die Knochen seines Unterarms jenseits seiner behandschuhten Hand freigab. Landon schüttelte den Kopf und schob die Brille auf seiner Nase empor.

„Das war gut", sagte ich, ohne zu wissen, ob das stimmte.

Ted drehte sich schnell in meine Richtung, seine Kapuze schlug Wellen um sein verdecktes Gesicht. Auch wenn der Pub voll war, gab es viel Platz um Landon und Ted, was vermutlich Ted zu verdanken war. Wie Grim wahrten die Leute normalerweise einen großzügigen Radius um ihn herum. Ich vermutete, dass Landon ziemlich angetrunken war, wenn er bereit war, ein Spiel – egal welches – gegen den Tod zu spielen.

„Nora! Ich wusste nicht, dass du hier bist!" Teds Begeisterung ließ seine trockene Stimme in einem rasselnden Vibrato erzittern.

„Bin gerade erst angekommen. Wer gewinnt?"

Landon zeigte auf Ted. „Dieser Typ. Den kann man nicht schlagen."

Kann oder will ich nicht, fragte ich mich. Landon war jung, vielleicht Anfang zwanzig, aber er war nicht dumm.

„Das habe ich dir doch schon gesagt", sagte Ted, klopfte Landon auf den Rücken und ließ einen sichtbaren Schauer durch den Körper des Hexenmeisters laufen. „Niemand kann den Tod besiegen. Ha!"

„Was ist mit Sebastian?", fragte ich. Die beiden waren gute Freunde, die sich schon seeeeehr lange kannten.

„Oh, richtig. Nun, er kann. Dieser Mann ist ein unglaublich guter Scufflepuck-Spieler. Aber eines Tages werde ich gewinnen."

Ich lächelte, als interessierte mich die Rivalität. „Hey, ich wollte dich nur schnell was fragen. Unter vier Augen."

Er riss den Kopf zurück und sagte: „Ist alles okay?"

„Oh, absolut. Ich wollte nur, ähm. Also, hast du eine Sekunde Zeit?"

„Natürlich. Landon ist dran." Er wandte sich dem Nordwindhexenmeister zu. „Nicht schummeln, sonst komme ich dich holen."

Landons Augen wurden zu großen Untertassen, und er nickte nachdrücklich. „Ich würde nicht im Traum daran denken, Ted."

Wir fanden ein wenig Privatsphäre im Flur zur Toilette, und ich stürzte mich direkt ins Thema. „Ich bin nicht böse auf dich. Ich möchte nur wissen –"

„Geht es um den Schuldsturm?"

Das ließ mich erstarren. Ted wusste davon. „Den was?"

Kapitel Zehn

„Den Schuldsturm", sagte Ted. „Das Ding, das hereingeweht ist, kurz bevor der Gewinner beim Kochwettbewerb bekannt gegeben wurde. Darüber wolltest du mit mir reden, oder?"

„Ja. Ich ... wusste nicht, dass es einen Namen hat."

„Oh, es hat auf jeden Fall einen Namen. Wenn man es einmal sieht, vergisst man es nicht so schnell."

„Du hast es schon einmal gesehen?"

„Ja", winkte er ab, „aber seit Hunderten von Jahren nicht mehr."

„Okay." Das Wissen ließ eine neue Flut von Fragen in meinem Kopf aufwallen. Ich versuchte, am Faden festzuhalten. „Ist ein Schuldsturm etwas, das aus dem resultieren könnte, was du gestern Morgen mit deiner Sichel im Medium Rare gemacht hast?"

Er neigte den Kopf wie ein verwirrter Welpe zur Seite. „Neeeiiin. Aber ich kann verstehen, dass du das denkst. Ich habe eine Welle der Angst durch die Leute in einem bestimmten Umkreis geschickt. Ich nenne es Sichelkitzel. Ha."

Ich versuchte, mir ein Lächeln abzuringen, aber ich bin mir ziemlich sicher, dass es sich als Grimasse präsentierte.

„Ja, ich schätze, ich finde es einfach lustig", fuhr er fort. „Ich verstehe aber, worauf du hinauswillst. Du glaubst, irgendwas ist mit deinem Queso passiert" – er sprach es *kwayso* aus, und ich bemühte mich, ihn nicht zu korrigieren – „das den Schuldsturm auf den Hohen Rat losgelassen hat. Du bist da was auf der Spur, glaube ich. Aber es war nicht der Sichelkitzel. Angst und Schuldgefühle kommen zwar oft bei denselben Leuten vor, aber es sind vollkommen unterschiedliche Emotionen. Außerdem wirkt der Schuldsturm nicht von innen nach außen; er zwingt das Gefühl von außen auf."

Ich begann zu verstehen. „Daher die Vorfahren."

Er nickte und tippte mit einem behandschuhten Finger auf die Stelle unter seiner Kapuze, wo seine Nase gewesen wäre, wenn er eine gehabt hätte. „Genau. Niemand kann Schuldgefühle in einem Menschen so wecken wie Familie. Glaub mir, ich verstehe das besser als jeder andere."

Bevor ich mich zurückhalten konnte, sagte ich: „Du hast eine Familie?"

„Natürlich."

„Entschuldige, was das beleidigend? Das war nicht meine Absicht."

„Überhaupt nicht, Nora. Du könntest mich nie beleidigen. Sicher, manche Kreaturen haben keine richtigen Eltern, aber Sensenmänner und -frauen schon. Zugegeben, wir werden nicht ganz auf die gleiche Weise erschaffen wie die meisten Kreaturen – es beinhaltet einen grausamen Kampf auf Leben und Tod und oft eine Reihe von Enthauptungen – aber wir haben trotzdem Eltern. Und Geschwister."

„Aber keine in Eastwind, oder?"

Er nickte langsam. „In der Tat. Wir kommen nicht gut mit Familie aus, also legen wir Wert darauf, wenn möglich in getrennten Reichen zu leben, und definitiv nicht mehr als einer pro Stadt. Sonst wird es hässlich und viele Leute sterben. Ich meine, im Ernst. Es kann ein ziemliches Blutbad sein."

„Also keine Familientreffen."

Er räusperte sich. „Nun, wir hatten mal eins. Ein ziemliches Spektakel. Natürlich hat niemand außer uns überlebt, um davon zu erzählen. Und wir reden nicht gern darüber."

„Dann werde ich nicht weiter nachbohren."

„Eine Sache solltest du über den Schuldsturm wissen: Er muss absichtlich platziert werden. Wie bei den meisten Zaubern ist die Absicht die halbe Miete. Das gilt besonders hier. Ich verspreche dir, dass ich mit dem, was heute passiert ist, nichts zu tun hatte." Er nickte mir zu und drückte einen behandschuhten Finger auf meine Schulter, sodass mein Arm prickelte. „Und du auch nicht."

„Das ist eine Erleichterung. Danke, Ted."

„Du bist dran, Ted!", rief Landon.

Mit einem Abschiedsnicken seiner Kapuze kehrte Ted zum Scufflepuck-Tisch zurück, um seinen Zug zu machen.

„Alles in Ordnung, Nora?", fragte Landon.

„Ja, alles in Ordnung."

„Ich glaube dir nicht", sagte er unverblümt. „Es geht um das, was beim Kochwettbewerb passiert ist, oder?"

Ich beschloss, mich dumm zu stellen. Ich wollte nicht, dass sich das in der ganzen Stadt herumsprach, bevor ich es in Ordnung bringen konnte. „Was meinst du?"

„Du hattest diesen Gesichtsausdruck, als du deinen Preis entgegengenommen hast, als wäre irgendwas furchtbar schiefgelaufen. Und kurz davor dieser Windstoß."

„Es war nur ein Windstoß."

Er beugte den Kopf leicht nach vorn, zog eine Augenbraue hoch und sah mich ungläubig durch seine dichten Wimpern an. „Nora. Ich bin ein Nordwindhexenmeister. Ich kann zwar keine Geister sehen wie du, aber ich bin empfänglich für sie. Das gehört einfach dazu. In vielerlei Hinsicht sind Nordwinde dem Fünften Wind am ähnlichsten. Ich weiß, dass irgendwas mit dem Wind hereingeweht wurde – ich weiß nur nicht, was."

Tatsächlich verspürte ich den seltsamen Drang, Landon zu erzählen, was wirklich passiert war. Er schien jemand zu sein, der den Dingen gern auf den Grund ging, und solange er nicht der Typ war, der eine Hexe des Fünften Windes ans Messer lieferte, konnte ich Leute wie ihn in meinem Leben vermutlich gut gebrauchen. Doch ich war mir nicht sicher, ob ich ihm trauen konnte, und ich wollte auch keine Sekunde länger als nötig im Sheehan's bleiben.

Und es gab noch eine weitere Person, mit der ich sprechen musste.

„Du hast recht", sagte ich und bemühte mich, ihn zu beruhigen. „Da ist tatsächlich was mit dem Wind in die Stadt gekommen. Aber es ist nicht gefährlich, und ich habe es im Griff. Mach dir keine Sorgen." Ich lächelte beruhigend und unterdrückte den Impuls, ihm den blonden Haarschopf zu tätscheln. Das hätte ihm bestimmt nicht gefallen. „Ich muss Tanner finden und weiter. Viel Glück beim Spiel!"

Seine zusammengepressten Lippen zeigten, dass er noch etwas sagen wollte, aber er nickte nur knapp und ging zurück zu seinem Scufflepuck-Spiel.

Während ich mich durch die Menge schob, sah ich, Donovan, Tanner und Evangeline ihre Drinks heben und anstoßen.

„Da ist sie ja!", rief Tanner, sobald er mich entdeckte.

Donovan und Eva jubelten.

Nie im Leben hätte ich gedacht, dass Donovan Stringfellow jemals jubeln würde, wenn er mich sah. Selbst jetzt, da ich wusste, was ich über seine Gefühle für mich wusste, hätte ich nicht angenommen, dass Jubeln eine Option wäre. Schließlich verursachten seine Gefühle für mich kaum etwas anderes als Kummer.

„Was möchtest du trinken, Nora?", fragte Tanner und drehte sich zur Bar, um einen Barkeeper heranzuwinken.

„Nichts", sagte ich. „Tanner, du weißt doch, dass ich nicht zum Trinken hier bin."

„Nicht zum Trinken hier?", rief Donovan ungläubig. „Das Trinken ist das Einzige, was mich in diesem heißen, chaotischen Gedränge hält. Warum in aller Welt sollte man sonst hierherkommen?"

Eva lachte über Donovans kleine Show, und ich bemühte mich, mich nicht davon stören zu lassen. Donovan war betrunken, Eva vermutlich auch, und Tanner war auf dem besten Weg dahin und gab sich alle Mühe, mit ihnen mitzuhalten. Bald würden Tanner und ich hier verschwinden, und Donovan und Eva ... was auch immer.

Das geht dich nichts an, Nora. Du solltest erleichtert sein.

„Kann ich kurz mit dir reden, Donovan?" Ich beugte mich ein wenig vor, und er blinzelte überrascht, dann riss er die Augen auf. „Mit mir?"

Ich nickte.

„Worüber?"

„Nora", sagte Tanner. Eine Warnung. Ja, ich hatte versprochen, Donovan nicht als Verdächtigen zu behandeln, aber er war nun einmal der Einzige, der noch übrig war.

„Ich will ihn nur entlasten", erklärte ich. „Ich habe dasselbe für dich getan, weißt du."

Donovans Kopf ruckte so weit zurück, dass er aussah, als hätte er ein Doppelkinn. „Mich entlasten—"

Ein Schrei von der anderen Seite des Raums unterbrach ihn. Sofort erkannte ich das Lallen: Seamus Shaw. „Die nächste Runde geht auf uns!" Ich vermutete, dass „uns" Lucent einschloss. Ob Lucent damit einverstanden war oder Seamus'

Ausgaben mittlerweile völlig außer Kontrolle geraten waren, wusste ich nicht. Wie dem auch sei – als alle im Raum lautstark zu jubeln begann, wurde mir klar, dass ein zusammenhängendes Gespräch hier unmöglich war. Also packte ich Donovan am Oberarm und zog ihn durch die dichte Menge hinaus.

Sobald wir draußen und um die Ecke des Gebäudes herum waren, blieb ich stehen und sah ihn an.

„Werde ich entführt?", fragte er grinsend. „Oder verhaftet mich Deputy Ashcroft?" Er streckte mir seine Handgelenke entgegen. „Wenn du mir Handschellen anlegen willst, sage ich nicht Nein. Um ehrlich zu sein, ich träume schon eine Weile davon."

Mir zog sich der Magen zusammen. „Oh, hör auf damit!"

„Dann sag mir, warum du mich hierher in eine Gasse gezerrt hast, wenn nicht, um an unseren romantischen Ausflug in die Deadwoods anzuknüpfen."

Ich hatte nicht damit gerechnet, dass ein leicht angeheiterter Donovan so dreist unsere gemeinsamen Momente ansprechen würde, aber vielleicht war genau das der Moment, um zum Gegenangriff überzugehen.

„Ich weiß, dass du es getan hast."

Er neigte den Kopf und sah mich neugierig an. „Was getan?"

„Beim Kochwettbewerb."

„Was, du meinst verloren? Hast du mich hier raus gezerrt, nur um mir deinen Sieg unter die Nase zu reiben?" Er schürzte die Lippen und nickte anerkennend. „Gut gespielt. Ich hätte wahrscheinlich dasselbe getan."

Ich hob die Hand. „Lass das. Hör auf mit dem ‚Wir sind uns so ähnlich'-Gelaber. Das sind nur Einhornäpfel, damit ich mit Tanner Schluss mache und mich für dich entscheide." Daran, dass sie hier Einhornäpfel anstatt Bullshit sagten, konnte ich mich nur schwer gewöhnen.

„Ja." Er sagte es mit einem Augenzwinkern. „Natürlich. Aber das ist keine Masche, das ist die Wahrheit. Wenn du mich nicht magst, heißt das nur, dass du dich selbst nicht magst."

„Oh, ist Psychoanalyse etwa eine Kraft der Ostwindhexen?" Verdammt! Schon wieder brachte er mich aus dem Konzept! „Nein, ich meine das mit den Geistern. Beim Kochwettbewerb. Du hast unseren Beitrag manipuliert. Du musst es gewesen sein. Ich habe mit den anderen gesprochen, und alles deutet auf dich hin, Donovan."

Er zog die Oberlippe ein wenig hoch und knurrte fast. „Du kapierst es nicht, oder? Klar wollte ich, dass Franco's gewinnt. Aber ich würde nie irgendwas tun, das dich ruinieren könnte. Essen zu manipulieren – Nora, wenn die Leute denken, dein Essen sei nicht sicher, wäre der Ruf des Medium Rare zerstört. Ich will nicht, dass dir oder Tanner das passiert." Er trat einen schnellen Schritt auf mich zu, sodass ich reflexartig zurückwich. Doch mein Rücken stieß gegen die Backsteinmauer des Sheehan's.

Ich fühlte mich wie festgenagelt, als er noch einen Schritt näher trat und seine Hände langsam über meine Arme strich. Seine blauen Augen fesselten meinen Blick, und es war, als stürzte ich in einen klaren Frühlingshimmel. „Ich will nur, dass du es begreifst und zu mir kommst." Seine Stimme klang rau. „Und ich muss daran glauben, dass du es irgendwann tun wirst. Sonst könnte ich das nächste Mal wirklich ausrasten, wenn ich dich und Tanner zusammen sehe."

Er würde mich nicht küssen, doch ich konnte spüren, wie viel Selbstbeherrschung es ihn kostete. Seine Lippen waren nur wenige Zentimeter von meinen entfernt.

„Du schwörst, dass du es nicht warst?", brachte ich mit erstickter Stimme hervor.

„Ich schwöre. Kleiner-Finger-Schwur", sagte er und hob die Hand.

Ich lachte leise – ich hatte vergessen, dass sie das hier wirklich machten – und hakte meinen kleinen Finger um seinen.

„Tu mir einen Gefallen", sagte ich schließlich.

„Was immer du willst."

„Sag Tanner, dass ich mich nicht gut fühle und beschlossen habe, allein nach Hause zu gehen."

Donovan beugte sich noch ein wenig näher zu mir, und mein Herz blieb fast stehen.

In diesem Moment wusste ich, dass ich ihn nicht aufgehalten hätte, wenn er es wirklich versucht hätte.

Aber er entschied sich offenbar anders und nickte nur. „Ich werde es ihm sagen."

Erst, als Donovan um die Ecke verschwand und ich mit dem Rücken an der Wand allein zurückblieb, bemerkte ich, dass mein Herz wie wild raste.

Donovan hatte den Queso nicht manipuliert. Ich glaubte ihm. Es war vermutlich eine gute Nachricht, dass Tanners bester Freund nicht so rücksichtslos war, sein Geschäft zu ruinieren. Ich sollte erleichtert sein.

Aber das war ich nicht. Denn wenn weder Graf Malavic noch Ted noch Donovan dafür verantwortlich waren – wer blieb dann?

Kapitel Elf

Die Morgenschicht im Medium Rare war auf eine neue, ganz besondere Art chaotisch. Zum einen wollte jeder unbedingt unsere preisgekrönten Chips und den Queso kosten. Aber aus naheliegenden Gründen waren wir noch nicht bereit, das Gericht anzubieten – nicht, solange wir nicht sicher sein konnten, dass es keine Überraschungen gab.

Also erfand ich immer wieder dieselbe Ausrede: Jemand hätte über Nacht den Gefrierschrank offengelassen, und der Queso sei schlecht geworden. Eine neue Ladung sei aber schon in Arbeit. Die Leute nahmen mir das ohne zu zögern ab; schließlich war in ganz Eastwind noch ein leichter Nachklang des Chaos spürbar nach der letzten Nacht, die viele bis in die frühen Morgenstunden durchgefeiert hatten.

Was uns auch zum zweiten Grund für das neue, besondere Chaos brachte: Fast alle Gäste waren Familien. Diejenigen ohne kleine Kinder, die sich hatten austoben können – getrübtes Urteilsvermögen inklusive – waren zu verkatert, um es vor dem Mittag ins Medium Rare zu schaffen.

Eine Ausnahme war natürlich Ted, der zur gewohnten Zeit

da war, gut gelaunt wie immer. Offenbar fühlt man sich am Morgen nach einem Saufgelage nicht wie der Tod, wenn man der Tod ist.

Tanner dagegen war alles andere als frisch, und es fiel ihm wirklich schwer, sich zu konzentrieren. Ich machte ihm keinen Vorwurf, auch wenn es bedeutete, dass ich mehr Tische übernehmen musste. Einschließlich Trinkgeld. Dafür sorgte ich.

„Sie sehen recht munter aus", bemerkte Mrs. Tomlinson, als ich ihr den Kaffee nachfüllte. „Arlin und ich haben am Tag nach Lunasa nie so frisch ausgesehen, oder, Liebling?"

Mr. Tomlinson lachte. „Stimmt. Nie. Aber dann haben wir Kinder bekommen, und die haben uns auf den richtigen Weg gebracht."

„Was ist Ihr Geheimnis?", fragte Mrs. Tomlinson.

Ich zuckte die Achseln. „Nicht trinken und nicht lange aufbleiben, nehme ich an."

Mrs. Tomlinsons Mund blieb offenstehen, als hätte ich gerade etwas Schreckliches gesagt. „Aber Nora! Es war Lunasa! Das müssen Sie ausnutzen, bevor Sie es nicht mehr können." Sie nickte subtil in Richtung ihrer Kinder, die am Tisch ein Klatschspiel spielten, das die Kleinen offenkundig großartig fanden.

Oh nein, bitte nicht schon wieder eine Diskussion über Kinder. Ich konnte nicht mehr zählen, wie viele Gespräche darüber ich hier im Medium Rare in den letzten Monaten geführt hatte. Es hieß immer wieder „Du wirst nicht jünger", „Es ist nie zu spät, eine Familie zu gründen" und gelegentlich (hauptsächlich von Hyacinth Bouquet): „Tanner wäre ein fantastischer Vater."

Egal, dass Tanner und ich unsere Beziehung erst seit ein paar Monaten offiziell gemacht hatten und das H-Wort noch nie zur Sprache gekommen war. Und wen ging es etwas an, ob ich überhaupt Kinder *wollte*, oder ob der bloße Gedanke,

Mutter zu werden, mir nach allem, was mit meinen Eltern passiert war, und den Folgen, die immer noch mein Leben prägten, eine Heidenangst einjagte.

Ich lächelte Mrs. Tomlinson höflich an. „Guter Rat. Nächstes Jahr werde ich dafür sorgen, dass ich genug feiere, bis ich weder gehen noch reden kann."

Sie strahlte zufrieden, und das kam mir ein bisschen boshaft vor, aber ich verwarf den Gedanken und ging weiter, um Kaffeetassen nachzufüllen, bis die Kanne leer war.

Während ich eine neue Kanne aufsetzte, kam Tanner aus der Küche. Ein Auge war halb geschlossen, und er hielt ein Stück Papier in der Hand. „Fertig", sagte er.

„Wow, hat ja auch nur drei Stunden gedauert", scherzte ich. Ich hatte ihm eine kleine, Aufgabe gegeben, die nicht zu viel Energie oder Bewegung erforderte, damit er das Gefühl hatte, einen Beitrag zu leisten.

Er hielt das Schild hoch. „Und, was sagst du?"

Nach der Zeit, die er daran gearbeitet hatte, hätte ich fast eine kunstvolle Illustration erwartet. Stattdessen stand dort einfach nur: *Chips und Queso sind leider aus. Ab Montag wieder erhältlich.* Die Handschrift war nicht einmal besonders leserlich.

„Wunderschön", sagte ich.

„Gaia sei Dank!" Dann stützte er sich auf der Theke ab und tat etwas, das ich ihn im Gastraum des Medium Rare noch nie hatte tun sehen: Er zog seinen Zauberstab aus dem Hosenbund, wo er ihn normalerweise versteckte, und ließ das Schild schweben, bis es an der Eingangstür befestigt war.

Der arme Kerl musste wirklich übel dran sein, wenn er bereit war, vor den Gästen Magie zu wirken. Oder vielleicht hatte er bemerkt, dass gerade keine Werwölfe da waren, die sich vermutlich am meisten daran gestört hätten. Anscheinend hatten die Werwölfe in Eastwind die Nacht auch etwas zu heftig gefeiert.

Während er mit gesenktem Kopf an der Theke lehnte, goss ich ihm eine Tasse Kaffee aus der zweiten Kanne ein, die noch voll war. Just in dem Moment kam Deputy Stu Manchester herein, der ungefähr genauso angeschlagen aussah wie Tanner. Ich schob ihm sofort eine Tasse Kaffee entgegen.

Er war wieder in Uniform, machte aber nicht den Eindruck, sonderlich dienstbereit zu sein. Als ich ihm den Kuchen brachte, grunzte er nur fast genauso wenig wortgewandt wie Anton (der heute Morgen ebenfalls einen furchtbaren Kater hatte und mich ohne ein einziges Grunzen an ihm vorbeigehen ließ, wenn ich in die Küche kam).

Ich reichte Tanner seine Tasse, und die beiden Männer hoben sie wortlos zum Gruß.

Da Stu nicht besonders gesprächig schien, ließ ich ihn in Ruhe und machte mich an meine anderen Aufgaben. Greta würde bald kommen, um ihre Schicht anzufangen, und ich wollte so schnell wie möglich nach Hause, um Ruby über die jüngsten Entwicklungen zu informieren – in der Hoffnung, dass sie mir vielleicht nützliche Ratschläge geben könnte, anstatt mich direkt zur Schnecke zu machen.

Als ich am Abend zuvor nach Hause gekommen war, hatte sie tief und fest in ihrem Sessel geschlafen, das Buch aufgeschlagen auf ihrem Schoß. Sie hatte die Seite markiert, die sie zuletzt gelesen hatte, bevor der Schlaf sie übermannt hatte. Die wenigen Minuten, nachdem ich sie aufgeweckt hatte, um ihr nach oben zu helfen, und bevor sie ihre Schlafzimmertür geschlossen hatte, schienen nicht der richtige Zeitpunkt, den Schuldsturm zu erwähnen.

Vielleicht war es die Gebrechlichkeit, die ich in ihr sah, wenn sie im Halbschlaf war und nicht ihre übliche aggressive Abwehrhaltung zeigte. Aber irgendwas hatte mich dazu gebracht, innezuhalten und mir klarzumachen, dass Ruby seit Jahrzehnten das tat, was ich jetzt versuchte. Wie bei den meisten wichtigen Erkenntnissen war es offensichtlich, als ich endlich darauf kam, doch die Wirkung war umso tiefgreifender. Ich war erst ein halbes Jahr als Medium im Einsatz und schon erschöpft – wie hatte sie so lange durchgehalten? Und war es wirklich fair, ihr weiter meine Probleme aufzubürden? Sie wollte doch einfach nur in Ruhe gelassen werden, um ihre Bücher zu lesen.

Ich beschloss, ihr vom Schuldsturm zu erzählen, sobald sich die Gelegenheit ergab, ohne dabei um ihre Hilfe zu bitten. Sie würde die Geschichte lieben – besonders, weil ich bis zum Hals in Schwierigkeiten steckte –, aber ich würde ihr klarmachen, dass ich es diesmal allein regeln konnte, ob es nun stimmte oder nicht.

Auf dem Heimweg holte ich ein Dutzend Streifen Speck, ein paar für Grim, der Lunasa als Vorwand genutzt hatte, um den ganzen nächsten Tag zu verschlafen, ein paar für Clifford, der sich oft beschwerte, dass ich ihm nie irgendwas mitbrachte, während Grim immer mit dem Geruch eines Festmahls nach Hause kam, und ein paar für Ruby und mich. Denn wer mag keinen Speck?

Ja, gut, Vegetarier. Aber ich wette, sie würden ihn trotzdem lieben, wenn sie ihn probieren würden.

Als ich die Stufen zu Rubys Haus hinaufstieg, blieb ich abrupt stehen. Jemand lungerte vor der Tür herum.

„Wir haben Besuch", sagte Grim von seinem Platz auf der Veranda.

„Ja, das sehe ich."

„Sie sagte, sie –" Sein Kopf schoss in die Höhe, und er schnupperte aufgeregt in die Luft. *„Oh Gaia, ist das Speck? Hast du mir tatsächlich Speck mitgebracht?"*

„Es ist nicht alles für dich, aber ja." Ich öffnete die Verpa-

ckung und warf ihm ein paar Streifen hin. Während Grim sie mit großen Augen verschlang, wandte ich mich der Besucherin zu. „Kann ich Ihnen helfen?"

Die Geistererscheinung vor mir, die – ihrer Größe, ihrem Haar und den Ohren nach zu urteilen – eine Elfe gewesen war, räusperte sich und rückte ihre steife Robe zurecht. „Sie sind Nora Ashcroft, nehme ich an."

„Wie sind Sie darauf gekommen? Weil Sie mich hier stehen sehen?"

Ihre Nasenflügel zuckten angesichts meiner Bemerkung. Selbst im Tod schienen Elfen sich *viel* zu ernst zu nehmen.

„Niemand hat mir gesagt, dass Sie einen so ausgeprägten Sinn für Humor haben", entgegnete sie trocken.

„Wer hat was gesagt?"

Wenn Augen grinsen könnten, dann ihre. „Natürlich die Person, die mich gebeten hat, Sie aufzusuchen. Ihre Anwesenheit wird in den Pergamentkatakomben benötigt, und ich nehme an, dass es sich um eine vertrauliche Angelegenheit handelt. Sonst würde ich meine Zeit nicht verschwenden, wie ein gewöhnlicher Page Botengänge zu machen. Ich war einmal stellvertretende Direktorin der unteren nördlichen Tunnel, nur, damit Sie es wissen."

„Das ... wusste ich nicht." Ich hatte nicht mal eine Ahnung, was das bedeutete.

„Ja, das war ich. Und dann bin ich gestorben, und plötzlich erkennt die Hälfte des Personals meinen Dienstgrad nicht mehr an."

„Liegt das vielleicht daran, dass sie Sie weder sehen noch hören können?"

„Hmpf! Das ist jedenfalls die Ausrede, die sie benutzen. Aber ich weiß, dass einige meine Anwesenheit spüren und mich trotzdem ignorieren. Wie auch immer, die Katakomben führen sich nicht von selbst. Wir sind, wie üblich, furchtbar im

Rückstand. Ich muss gehen. Sie auch. Er kann es nicht erwarten, mit Ihnen zu reden."

„Wer?"

Doch sie verschwand schon in einer ätherischen Wolke.

Ich warf Grim einen Blick zu, der wie ein Süchtiger das Fett von seiner Pfote leckte. „*Weißt du, wo die Pergamentkatakomben sind?*"

„*Jupp.*" Er leckte weiter, als hinge sein Leben davon ab.

„*Kannst du mich dorthin bringen?*"

„*Kriege ich den restlichen Speck dafür?*"

Ich seufzte. Dann würde Clifford wohl noch einen Tag auf sein Mitbringsel warten müssen. „*Sobald wir wieder aus den Katakomben kommen, gehört alles dir.*"

Er hörte auf zu lecken und hob ruckartig den Kopf, um mich direkt anzusehen. „*Das könnte Stunden dauern!*"

„*Ja, könnte es. Oder vielleicht ewig, wenn ich nicht weiß, wie ich wieder rauskomme. Ich weiß ja nicht einmal, wer nach mir geschickt hat. Und ich habe Geschichten von Leuten gehört, die sich dort verirrt haben und nie wieder rausgekommen sind.*"

„*Touché.*" Grim erhob sich schwerfällig. „*Aber du musst den Speck hierlassen. Ich kann mich nicht konzentrieren, wenn ich ihn noch riechen kann.*"

„Deal."

Ich legte den Speck auf ein trockenes Vogelbad im Vorgarten, halb verdeckt durch die ersten Frühlingspflanzen, die sich in Rubys Garten regten. Dann führte Grim mich in einen Teil der Stadt, den ich bisher noch nicht gesehen hatte.

Kapitel Zwölf

Das Viertel Willow Grove war der älteste Teil von Eastwind – eine wenig aufregende, größtenteils nutzlose Information, die ich aus meinem Unterricht mit Oliver mitgenommen hatte. Es war zu einer Zeit entstanden, als weder die Hexen noch die Werwölfe hier das Sagen hatten. Wer genau die einfachen Steingebäude gebaut und die endlosen Katakomben unter Eastwind ausgehoben hatte, in denen nun alle offiziellen Aufzeichnungen der Stadt lagerten, wusste niemand genau. In unserem Unterricht herrschte immerhin Konsens darüber, dass es ein uraltes Volk gewesen sein musste, dessen Kultur und Magie selbst für Historiker ein Rätsel blieb. Es lag nahe, das zu vermuten, aber es änderte nichts.

Zwischen den verfallenen Ruinen und bröckelnden Mauern waren mittlerweile kantige, seelenlose Verwaltungsgebäude mit Namen wie „Büro des Registrars von Eastwind" und „Magische Kommission von Eastwind". Ich fragte mich, ob sich der Hohe Rat wohl hier traf und ob sie sich vielleicht heute hier versammelten, um Geschichten über die geisterhaften Vorfahren auszutauschen, die sie seit gestern heimsuchten.

Ich konnte mir nicht vorstellen, dass sie es lange ertragen würden, bevor sie jemanden dafür verantwortlich machten. Und angesichts der Umstände und der Art des Geschehens gab es eine hohe Wahrscheinlichkeit, dass ich dieser „jemand" sein würde. Die Schlinge schloss sich um meinen Hals, und es war nur eine Frage der Zeit, bis sie sich ganz zuzog.

„*Da sind wir*", sagte Grim.

„*Das da?*", fragte ich ungläubig. „*Das sollen die Katakomben sein?*" Ich starrte auf das kleine Gebäude vor uns. Es sah aus wie ein kleines Steinmausoleum, das beim nächsten stärkeren Windstoß zusammenbrechen könnte.

„*Das ist der Eingang zu den Katakomben. Natürlich ist es mehr als dieses Gebäude. Die Tunnel verlaufen unterirdisch.*"

Die schwere Holztür des Hauses hing schief in ihren Angeln, und ich öffnete sie vorsichtig, stützte mich mit beiden Händen an der Klinke ab und schob mich vorwärts. An der gegenüberliegenden Wand, die kaum anderthalb Meter entfernt war, hing ein kleines, geschnitztes Holzschild. Vom Tageslicht, das hinter mir hereinfiel und einer einzelnen, leuchtenden Fackel erhellt, zeigte ein Pfeil nach unten. Darunter stand: „Katakomben-Rezeption". Davor war ein großes Loch im Boden, in dem eine steile Wendeltreppe nach unten, immer weiter nach unten führte. Mir war sofort klar, dass Grim sich die ganze Zeit über den Abstieg beschweren würde, aber das ließ sich wohl nicht verhindern. Wenigstens musste ich nicht allein da runter.

Ich hielt Grim die Tür auf, und er trottete missmutig voraus. „Heiliger Chupacabra. Wenn ich mir hier das Genick breche, wirst du noch lange davon hören." Doch er ging weiter.

Aus reiner Neugier begann ich, die Stufen zu zählen, aber nach dreihundert wurde mir langweilig. Das flackernde Fackellicht warf tanzende Schatten auf die Steinstufen, und ich legte eine Hand an die Wand, um mein Gleichgewicht zu halten, als mir von der engen Spirale schwindelig wurde.

Endlich erreichten wir einen großzügigen Raum, der von schwebenden Lichtkugeln erhellt wurde, und ich nahm mir einen Moment Zeit, um mich zu sammeln, bevor ich durch die Höhle mit der niedrigen Decke zu einem kleinen Holzschreibtisch ging. Hinter dem Schreibtisch saß ein Gnom mit winziger Brille auf der Stupsnase, der eifrig zwischen zwei dicken Büchern hin- und herblickte, während er mit dem Finger den Zeilen folgte.

„Soll ich auf seinen Schreibtisch pinkeln?", fragte Grim.

„Was? Nein! Wie kommst du darauf?"

„Du hast es mich mal beim Sheriff machen lassen. Ich wollte nur sichergehen, dass du diesmal keine besonderen Anweisungen hast."

Ich verdrehte die Augen. *„Musst du etwa?"*

„Sehr dringend."

„Tja, daran hättest du wohl besser vorher gedacht, bevor wir zwanzigtausend Meilen unter Eastwind gekrochen sind."

„Stimmt schon. Hilft mir aber gerade wenig."

„Bitte. Lass es einfach. Die Belüftung hier unten entspricht bestimmt nicht den Vorschriften, und das Letzte, was wir brauchen, ist ein Haufen Katakombenarbeiter, die an Ammoniakdämpfen ersticken."

Grim sah sich um. *„Ach, ich weiß nicht. Wenn ich hier arbeiten müsste, wäre ich vielleicht froh, erlöst zu werden."*

„Kann ich Ihnen helfen?", fragte der Gnom plötzlich und blickte zu uns auf.

„Äh, ja." Ich trat näher. „Mir wurde gesagt, dass mich hier jemand erwartet."

Er sah mich skeptisch an. „Und wer soll das sein?"

„Ähm, eigentlich weiß ich das nicht. Ich dachte, Sie könnten mir weiterhelfen."

Er seufzte, als hätte ich ihm gerade eine unzumutbare

Aufgabe aufgebürdet. Doch nachdem er nach meinem Namen gefragt hatte und ich mich vorstellte, reichte ein Blick in eines der Bücher auf seinem Schreibtisch, das offenbar das Besucherbuch war, und er sagte: „Ah, Nora Ashcroft. Ja, Sie werden erwartet." Er zog ein gefaltetes Stück Papier aus einer Schublade und faltete es auseinander. Es war eine Karte.

Eine äußerst komplizierte und verwirrende Karte. Die Tunnel darauf sahen aus wie eine Schlangengrube, und manche schienen völlig unlogisch in jede Richtung zu verlaufen, als wären sie von M. C. Escher persönlich entworfen worden.

Sollte ich allein den Weg durch diese Katakomben finden? Mein Orientierungssinn war schon zweifelhaft genug, wenn ich Sonne, Sterne und markante Orientierungspunkte hatte. Aber hier unten hatte ich nicht den Hauch einer Chance, und ich bezweifelte, dass Grims Geruchssinn mir viel nutzen würde.

Ich schluckte schwer und spürte, wie das Adrenalin einer Kampf-oder-Flucht-Reaktion durch meine Arme und Beine strömte.

„Sie sind hier", sagte der Gnom und deutete auf einen Stern auf der Karte, auf dem wenig überraschend stand: *Sie sind hier.* „Und das Büro, in das Sie müssen, ist ..." Er ließ seinen Finger suchend über die Karte kreisen. „Ah, natürlich. Genau hier." Sein Finger landete fast auf dem Stern. „Den Flur hinter mir entlang, fünfte Tür links."

„Oh." Ich atmete erleichtert auf. „Okay, das bekomme ich hin."

„Das will ich doch hoffen", bemerkte er, bevor er sich wieder seinen Büchern widmete.

Ich zählte die Türen ab und klopfte schließlich an das dicke Metall der fünften Tür links, doch das Klopfen war kaum zu hören. Also klopfte ich nochmal, diesmal fester.

War das eine gedämpfte Stimme von der anderen Seite? Wie sollte ich durch dicke Steinmauern und eine schwere Metalltür hören, was jemand sagte?

Ich klopfte noch einmal und legte mein Ohr an die Tür, um auf eine weitere Reaktion zu lauschen. Ich hörte etwas, konnte aber nicht sagen, ob es „Verschwinde" oder „Herein" war.

Langsam wurde ich ärgerlich.

Mach einfach die verflixte Tür auf!

Gerade als ich ein viertes Mal klopfen wollte, schwang die Tür auf, und das rosige Gesicht von Landon Hawker starrte mich an.

„Ich sagte, du kannst reinkommen."

„Und wie hätte ich das hören sollen?"

Er trat zur Seite und hielt die Tür auf. „Hi, Grim!" Er tätschelte meinem Vertrauten den Kopf, als wir vorbeigingen.

Das Büro war genauso trostlos, wie man es an einem solchen Ort erwarten würde, trotz Landons offensichtlicher Versuche, es aufzuhübschen. Ein leuchtend grüner Stuhl war von einem großen, L-förmigen Glasschreibtisch zurückgeschoben, was darauf hindeutete, dass Landon gerade aufgesprungen war, als ich sein „Komm rein" nicht gehört hatte. Am anderen Ende des Raums stand eine kastanienbraune Chaiselongue, die mir das Gefühl gab, ich sollte die Füße hochlegen und ihm von meiner Mutter erzählen. Über der Chaiselongue hing (genauso freudianisch) ein riesiger Stalaktit von der Decke. Wie dekorierte man um einen Stalaktiten herum? Wahrscheinlich am besten, indem man einfach so tat, als wäre er nicht da.

„Setz dich", sagte er. Ich ging zur Chaiselongue, aber er hielt mich zurück. „Nein, nicht da. Ich hab' was Besseres." Er nahm seinen Zauberstab vom Schreibtisch und schnippte damit.

Die Chaiselongue verschwand, und an ihrer Stelle erschien

ein waldgrüner Sessel. „Ich bin mir ziemlich sicher, dass ich auch noch …“ Noch eine ruckartige Bewegung, und neben dem Sessel erschien ein flauschiges, mokkabraunes Hundebett.

„Muss schön sein, eine nützliche Hexe als Vertraute zu haben“, sagte Grim, als er zum Bett trottete und sich darauf fallen ließ.

„Das Zimmer wird ein bisschen eng, wenn ich alles gleichzeitig hier habe“, sagte Landon achselzuckend.

„Ich verstehe.“

„Gut. Setz dich“, sagte er höflich und nickte.

Ich setzte mich, aber Landon blieb stehen, sichtlich angespannt. „Ich nehme an, du möchtest wissen, warum ich dich gebeten habe, zu kommen.“

„Ja.“

Er wippte auf den Zehenspitzen, und ich konnte die Aufregung in seinen Augen erkennen. „Du bist in einer Sackgasse, nicht wahr?“

„Womit?“

„Mit dem Schuldsturm.“

„Woher weißt du davon?“

„Ted. Ich wusste, dass irgendwas hereingeweht worden war, aber ich war mir nicht sicher, was genau. Also hab’ ich ein bisschen herumgefischt und so getan, als wüsste ich es schon, und Ted hat es erwähnt. Ich hatte noch nie zuvor davon gehört, also habe ich nachgeforscht. Wie auch immer. Der Punkt ist, dass du keine Verdächtigen mehr hast, oder? Sonst hättest du die Sache schon gelöst.“

„Ja, Landon, ich habe keine Verdächtigen mehr.“ Ich weiß nicht, warum mich seine Vermutung so ärgerte, aber das tat sie, und ich wollte, dass er endlich zur Sache kam.

Kaum hatte ich es zugegeben, da ballte er triumphierend eine Faust an seiner Seite. „Gut.“ Er schüttelte den Kopf, um sich zu fassen. „Ich meine, nicht gut, dass du ratlos bist, aber gut, weil das bedeutet, dass meine Arbeit nicht umsonst war.“

Ich sah zu Grim hinunter, der mich direkt anstarrte. Ich brauchte keine Telepathie, um zu wissen, dass Grim genauso misstrauisch gegenüber Landon war wie ich.

„Welche Arbeit?", fragte ich und wandte mich wieder Landon zu.

Sein Grinsen wirkte, ehrlich gesagt, ein bisschen geistesgestört. „Ich bin froh, dass du das fragst." Er schnippte mit seinem Zauberstab, und die lange Wand gegenüber der Tür begann, sich wie die Buchstabenwand in der Show Glücksrad zu drehen. Auf der anderen Seite erschien eine Pinnwand, bedeckt mit Wörtern und Bildern, die auf den ersten Blick wie ein Haufen unzusammenhängender Informationen wirkten. Doch dann bemerkte ich die roten Linien, die Porträts von Personen, die ich erkannte, mit Wörtern und Straßenkarten verbanden.

„Sind wir im Begriff, ermordet zu werden?", fragte Grim.

Als ich in der Mitte der Tafel eine Zeichnung meines eigenen Gesichts entdeckte, antwortete ich: *„Ausschließen würde ich die Möglichkeit nicht."*

Ich stand vom Sessel auf und trat näher an die Tafel heran. „Landon, was genau ist das hier?"

Er riss seinen Blick von der Tafel los und sah mich an. „Ziemlich cool, oder?"

„Ähm, ja. Aber was ist das?"

„Richtig. Ich schätze, es ist nicht sofort ersichtlich." Er schob meinen Sessel mit einem Schwung seines Zauberstabs vor die Tafel. „Lehn dich einfach zurück und lass es mich erklären."

Ich befolgte seine Anweisungen, denn er war eine mächtigere Hexe als ich, und ich saß im Grunde genommen in der Falle, also warum ihn nicht beschwichtigen, falls er ein Psychopath war?

Er stellte sich neben die Tafel wie ein Lehrer, der seinem

einzigen Schüler eine besonders komplizierte Vorlesung halten will, bevor er zweimal mit seinem Zauberstab auf die Tafel tippte.

Das Sammelsurium an Informationen verschwand, als es sich wieder umdrehte, aber entgegen aller Logik war die andere Seite nicht die Steinmauer seines Büros, sondern eine andere Tafel, diese viel ordentlicher, mit den Worten „Erin Park Vier" als Überschrift und sonst nichts.

„Ich präsentiere dir die Erin Park Vier", verkündete Landon mit einer schwungvollen Armbewegung.

„Das sehe ich. Was bedeutet das?"

„Durch einen komplizierten Ableitungsprozess habe ich die möglichen Diebe der Goldreserven der Stadt auf diese vier Personen eingegrenzt."

„Ah." Ich hasste es, ihm das sagen zu müssen, aber: „Hättest du dazu nicht Deputy Manchester herholen sollen? Er ist derjenige, der sich mit diesem Problem befasst, nicht ich."

Landons Augen verengten sich zu Schlitzen, als er sich nach vorn beugte und mit dem Finger auf mich zeigte. „Genau. Aber dazu kommen wir gleich. Zuerst die Verdächtigen." Er tippte mit seinem Zauberstab auf die Tafel, und ein meisterhaft gezeichnetes Bild des stylishsten Satyrs der Stadt erschien. „Verdächtiger Nummer eins: Echo Chambers. Was wissen wir über ihn? Er ist ein Satyr, was im Grunde nur ein aufgeblasener Faun ist. Er betreibt Echo's Salon, der finanziell mäßig erfolgreich ist, aber was Klatsch und Tratsch angeht, ein Riesenerfolg. Stammt aus Avalon. Stilikone. Und, was für unsere Zwecke am wichtigsten ist: Besitzer der Lyre Lounge, Eastwinds schickster und am wenigsten profitabler Bar." Er zog die Augenbrauen hoch. „Ich habe nachgeforscht und lass mich dir sagen, dieser Typ hat eine Menge Schulden, oder zumindest war das so, als das Gold verschwunden ist. Und wo war er an diesem Tag? Nicht bei der Arbeit." Er lächelte triumphierend und sprach jede Silbe betont aus, als er sagte: „Er hatte *Heimweh*." Er lachte. „Zumindest hat er das Ladavian im Salon erzählt. Niemand kann es bestätigen."

Landon tippte erneut auf die Tafel, und ein weiteres Porträt erschien. „Verdächtiger zwei: Seamus Shaw. Kobold. Lebenslanger Versager. Arbeitslos. Hat die Emerald Academy mit den schlechtesten Noten in der Geschichte der Schule abgeschlossen, und in seinem Jahrbuch ist er derjenige, der am wahrscheinlichsten im Fulcrum Fountain ertrinkt."

„Was für ein seltsamer Superlativ für eine Schule."

Landon nickte ernst. „Den haben sie auch extra für ihn erfunden."

„Ich bin fast beeindruckt. Ich hatte gehört, dass er nicht in der Lage war, einfache Aufgaben zu erledigen, aber ich habe ihn anscheinend überschätzt."

Er nickte mitfühlend. „Ein Fehler, der leicht passieren kann. Seamus kann sich nicht erinnern, was er an dem Tag gemacht hat, als das Gold verschwunden ist, was für einen Betrunkenen nicht allzu überraschend ist, aber auch bedeutet, dass er kein Alibi hat."

Ich bemühte mich, eine Erinnerung hervorzulocken. Dann tauchte sie auf. „Moment, ich glaube, ich erinnere mich, dass Deputy Manchester gesagt hat, Seamus sei einer der Anstifter des Aufruhrs gewesen, der in Sheehan's Pub ausgebrochen ist, als bekannt wurde, dass der Alkohol weg war."

Landon dachte darüber nach und rieb sich mit den Fingerspitzen das Kinn. „Hmm. Interessant. Okay. Das erklärt einen Teil des Tages. Ich muss aber die Chronologie der Ereignisse überprüfen, bevor ich ihn ausschließen kann."

„Und wenn Seamus wirklich Gefahr läuft, im Fulcrum Fountain zu ertrinken, sehe ich nicht, wie er einen Goldraub durchziehen und zwei Monate lang unentdeckt bleiben könnte.“

„Das ist ein guter Punkt, Nora. Ich habe mir sagen lassen, du bist gut in solchen Dingen, und jetzt sehe ich, dass es keine Lüge war.“

„Danke?“

„Okay, nächster Verdächtiger.“ Landon grinste spitzbübisch. „Der gefällt mir wirklich gut.“ Er räusperte sich, tippte auf die Tafel, damit das nächste Bild erschien, und senkte seine Stimme zu einem professionelleren Ton. „Deputy Stu Manchester. Werelch. Hochkaiser der Elchloge. Eastwinds De—“

„Hochkaiser wovon?“

„Der Elchloge. Das ist dieser kleine Club, den die Werelche haben. Das bedeutet nichts. Wo war ich? Richtig. Eastwinds einziger Deputy und rechte Hand von Sheriff Gabby Bloom. Manchester ist oft unfähig in seinem Job, aber das ist der größte Fall, den Eastwind seit Langem gesehen hat, und die Tatsache, dass er keine einzige bedeutende Spur gefunden hat, bringt einen zum Stirnrunzeln.“

„Das sehe ich“, sagte ich und zeigte. „Du runzelst die Stirn.“

„In der Tat.“ Er nickte ernst. „Ich finde diesen Fall wirklich zum Stirnrunzeln.“

Ich glaubte ihm das allerdings nicht. „Du glaubst, Stu hat das Gold gestohlen, versteckt und vertuscht es?“

„Das ist möglich. Wo war er, als das Gold verschwunden ist?“

„Er war bis über beide Ohren in Kobolden auf Alkoholentzug drüben in Erin Park. Oder, na ja, bis zur Brust in ihnen. Sie sind ziemlich klein.“

„Das sagst du, aber irgendwann ist Sheriff Bloom selbst am

Tatort angekommen. Könnte Stu sich davongeschlichen haben? Oder vielleicht wurde das Gold schon vor Beginn der Unruhen in Erin Park gestohlen und das Fehlen erst später entdeckt."

Ich wollte ihm nicht die Laune verderben, aber das war ein bisschen weit hergeholt. Alle bisherigen Verdächtigungen waren es. Und ich verstand immer noch nicht, warum er überhaupt seine Theorien über das verschwundene Gold erklärte.

„Stu hat kein Motiv, das Gold zu stehlen", sagte ich. „Er lebt ganz gut. Warum sollte er seine Karriere riskieren? Außerdem, glaubst du, er könnte sowas tun und Sheriff Bloom würde diese Schuld auf seinem Gewissen nicht schon aus einer Meile Entfernung riechen?"

Landon hatte diesen Teil offensichtlich nicht bedacht. Ich vermutete, dass der Nervenkitzel einer so guten Verschwörung – dass der Deputy das Gold nahm – ausreichte, um ihn für das Offensichtliche blind zu machen. Seine Gesichtszüge erschlafften. „Stimmt. Hm. Nun, ich werde ihn trotzdem erst einmal an der Tafel lassen, aber lass uns weitermachen."

Er schwang seinen Zauberstab, und der letzte Verdächtige erschien. „Verdächtiger vier: Graf Sebastian Malavic. Vampir. Herkunft unbekannt. Eastwinds Schatzmeister und –"

„Aufgeblasener Arsch."

„Ja, das auch. Aber ich wollte gerade ‚angesehener Philanthrop' sagen."

Ich würgte. „Du machst Witze."

„Oh nein. Malavic gibt so viel Gold an die Bedürftigen in Eastwind, ich weiß nicht, wie diese Stadt ohne ihn funktionieren würde. Aber das könnte bedeuten, dass ihm selbst das Geld ausgeht. Er ist auch das einzige Mitglied des Hohen Rates, das weiß, wie man an das Gold kommt, wenn die Rainbow Falls mit voller Kapazität fließen."

„Warum sollte er dann warten, bis das Wasser nur noch ein Rinnsal ist, um es zu stehlen?"

„Das würde er nicht. Das ist es ja."

„Das musst du mir erklären."

Landon kam der Bitte gern nach. „Die Goldreserven werden nie angezapft. Sie sind nur da, damit die Eastwinder sich mit dem Budget der Stadt wohlfühlen. Solange es Goldreserven gibt, gehen alle davon aus, dass wir im Überschuss arbeiten. Aber was, wenn der Hohe Rat seit Jahren ein Defizit fährt und Malavic die Reserven langsam aufgebraucht hat, um es zu decken? Rainbow Falls trocknet aus, alle sehen, dass kein Gold mehr da ist, und sie nehmen an, dass plötzlich alles gestohlen wurde. Aber Malavic ist schlau. Und schnell gelangweilt", fuhr Landon fort. „Es wäre sinnvoll, dass er das über lange Zeit gemacht und langsam das Gold genommen hat, Stück für Stück. Und vielleicht war es nicht für das Budget der Stadt. Vielleicht war es einfach, um sein luxuriöses Schloss auf Mount Reign zu finanzieren."

Hei-liger Wandler! An dieser Theorie war was dran. „Außer den Wasserfällen bewacht sonst niemand das Gold?"

„Oh, nun, da ist ein Drache, aber sie gehört Malavic. Und viel Glück dabei, irgendwas Nützliches aus ihr herauszube-kommen." Er verdrehte die Augen. „Drachen kooperieren bei Ermittlungen nie."

„Ich tendiere definitiv zu deiner Malavic-Theorie", sagte ich und stützte die Ellbogen auf meine Knie, während die Theorie konkretere Formen annahm. „Aber was, wenn er im Laufe der Zeit den Großteil abgeschöpft hat, wie du gesagt hast, und ihm das erlaubt hat, so viel an Wohltätigkeitsorgani-sationen in Eastwind zu spenden?"

Landon rieb sich den Nacken und seufzte. „Ja, daran habe ich auch schon gedacht. Das würde ihn irgendwie zu einem Helden machen, oder? Der Hohe Rat hortet Gold, während

Familien darum kämpfen, über die Runden zu kommen. Dann infiltriert Malavic ihn, nimmt das Gold und verteilt es an Bedürftige.“

Ich nickte. „Wenn dem so wäre und wir ihn beschuldigen würden, es für seinen eigenen Vorteil zu stehlen, würden wir am Ende wie die Bösewichte dastehen.“

„Und denk mal darüber nach. Malavic ist schlau. Selbst wenn er es nicht für wohltätige Zwecke verwendet hätte, kannst du darauf wetten, dass er es behaupten würde.“

„Stimmt.“ Ich lehnte mich in meinem Sessel zurück. „Okay. Letzte Frage: Was hat das alles mit mir zu tun?“

Er presste die Spitze seines Zauberstabs an seine Lippen, was gefährlich schien, aber ich nahm an, dass er wusste, was er tat, während er nachdenklich auf mich herabstarrte. Schließlich sagte er: „Ich vermute, wer auch immer das Gold genommen hat, hat auch deinen Queso manipuliert“ – er sprach „Queso“ richtig aus, also beschloss ich, ihm zuzuhören – „um dich zu beschäftigen.“

„Das erscheint tatsächlich ausgesprochen sinnvoll“, sagte Grim von seinem Bett aus.

Er hatte recht. *„Damit ich nicht versuche, den Fall der verschwundenen Goldreserven zu lösen.“*

„Genau.“

Ich legte meine Finger unter dem Kinn aneinander und ließ den Nebel meines Unterbewusstseins wirbeln, während ich mir die Namen der Erin Park Vier nochmal ansah. „Ich kann nicht sagen, ob das brillant oder verrückt ist.“

„Das ist normalerweise ein Zeichen dafür, dass es brillant ist“, sagte Landon.

„Lass mich das klarstellen. Wenn ich herausfinden kann, wer das Gold gestohlen hat, kann ich auch herausfinden, wer den Queso verzaubert hat.“

„Und umgekehrt", fügte er hinzu. „Ja, ich glaube, so wird es funktionieren."

Ich runzelte die Stirn und schüttelte den Kopf. „Ich habe schon mit Malavic über den Queso gesprochen, und ich glaube nicht, dass er es getan hat. Ich hatte ihn von meiner Verdächtigenliste gestrichen. Zugegeben, er könnte der beste Lügner der Welt sein –"

„Das ist er", sagte Landon schnell. „Du solltest niemals Five Bluff mit ihm spielen."

Ich war mir nicht sicher, was das war, aber ich nickte trotzdem. „Mein Bauchgefühl hat auch nichts über ihn gesagt ... außer, dass er so arrogant ist, dass ich ihm am liebsten den Hals umdrehen würde." Ich hielt inne. „Ich schätze, ich werde ihn vorerst wieder auf der Liste lassen, aber Stu muss gehen. Machen wir die Erin Park Drei daraus. Sheriff Bloom würde es sofort bemerken, wenn Stu etwas so Illegales tun würde. Sie würde sein schlechtes Gewissen spüren und ihn so lange ausfragen, bis sie herausgefunden hätte, was es war."

„Gut." Landon tippte auf die Tafel, und das Bild von Stu verschwand; „Vier" wurde durch „Drei" ersetzt.

Echo Chambers, Seamus Shaw und Sebastian Malavic. Obwohl ich mir nicht sicher sein konnte, ob die Liste vollständig war, schien sie ein guter Anfang zu sein, und sie gab mir zwei neue Leute, mit denen ich reden konnte, nachdem ich zuvor in einer Sackgasse gesteckt hatte.

Wollte ich mit diesen neuen Leuten reden? Nicht unbedingt. Ich versuchte, mich an eine Unterhaltung mit Seamus zu erinnern, bei der ich ihn am Ende mit einem Tritt in die Deadwoods hatte befördern wollen. Ich konnte mich beim besten Wille an keine erinnern.

Echo Chambers war jemand, mit dem ich noch nie ein Gespräch unter vier Augen geführt hatte, aber sein Ruf eilte ihm voraus. Ich war ihm schon das eine oder andere Mal auf der Straße begegnet und hatte ihm zugewinkt, aber da er sich nie dazu herabließ, in die Außenbezirke zu gehen, und ich nie die Zeit oder den Wunsch hatte, seinen Salon oder seine Lounge zu besuchen, waren unsere Unterhaltungen eher kurz gewesen. Was ich jedoch über ihn wusste, passte zu dem Verdacht, dass er Eastwinds Reserven stehlen könnte. Er hatte dieses Anspruchsdenken, das ich nur bei Leuten gesehen hatte, die aus Avalon stammten. Sie betrachteten Eastwind als einen malerischen Vergnügungspark, nicht als eine Stadt, die Respekt verdiente. Und sie war nicht aus purem Zufall klein oder ländlich, sondern aufgrund einer bewussten Entscheidung, die ihren Prioritäten entsprach.

Sogar Zoe Clementine ließ gelegentlich einen Hauch dieses Gefühls durchscheinen, wenn sie davon sprach, wie „bezaubernd" alles in Eastwind sei. Sicher, sie war hierher gezogen, weil sie es liebte; ich konnte jedoch nicht umhin zu glauben, dass sie es als etwas Neues ansah und es oder die Menschen hier nicht wirklich ernst nahm.

Und ja, ich hatte einen Beschützerinstinkt für diesen Ort entwickelt, auch wenn ich erst seit einem halben Jahr hier war. Meine alte Welt war in den 32 Jahren, die ich dort verbracht hatte, nie ein richtiges Zuhause für mich gewesen. Sicher, dort gab es Internet und Autos und Lebensmittelgeschäfte, in denen man sowohl Fleisch als auch Toilettenpapier kaufen konnte. Aber es gab keinen Platz für mich. Das hatte ich schon lange vor dem Tod meiner Eltern gespürt.

Selbst als Außenseiterin in Eastwind fühlte ich mich mehr als Teil von etwas, als als Teil der In-Crowd, des Who-is-who der Szene von Austin. Hatte mich diese Stadt ein paar Mal fast umgebracht? Sicher. Aber ich nahm es nicht persönlich. Das Leben ging weiter, und ich konnte damit umgehen.

Als ich in Landons Büro saß und die Liste der Verdächtigen anstarrte, wurde mir klar, dass ich mit niemandem klarkommen würde, der glaubte, er könne diese Stadt ausnutzen und damit durchkommen. Ich würde herausfinden, wer meinen Queso manipuliert und wer das Gold gestohlen hatte, ob es nun dieselbe Person war oder nicht, und ich würde dafür sorgen, dass der Verantwortliche ohne Umwege nach Ironhelm ging.

Kapitel Dreizehn

Als ich am nächsten Tag die Lyre Lounge betrat, musste ich davon ausgehen, dass das Interieur nachts viel besser aussah, sonst war dieser Ort der größte Fall von Des Kaisers neue Kleider, den ich je gesehen hatte. Echo Chambers war eine Stilikone in Eastwind, und viele folgten seinen Moderatschlägen, ohne zu fragen. Aber wenn der Begriff „Stilikone" hier dasselbe bedeutete wie zu Hause, konnte man davon ausgehen, dass er keinerlei Ahnung von Ästhetik hatte und ständig grell und protzig mit schick verwechselte. Und die Leute akzeptierten es, weil sie es nicht verstanden und annahmen, dass ihr Mangel an Verständnis bedeutete, dass sie selbst nicht modisch waren. Die Ehrfurcht, die viele Eastwinder für Avalon empfanden, ging mir unter die Haut, aber ich nahm an, dass es das Yin und Yang der herablassenden Art war, mit der Avalonier Eastwinder betrachteten.

Ich bezweifelte, dass Echo die nötige Energie aufgebracht hatte, um die Lounge selbst zusammenzustellen, aber ich vermutete, dass er irgendwann während des Planungsprozesses gerufen hatte: „Nein! Das sind einfach nicht genug ionische Säulen! Ich brauche mehr! So viele, dass es wie ein Wald davon aussieht!" Es sah aus, als hätte sich das antike Griechenland in diesem Laden übergeben.

Die Wände waren so bemalt, dass sie wie Marmor aussahen, aber sie glänzten ein bisschen zu sehr, um glaubwürdig zu sein. Die Decke war wie ein wolkiger Himmel bemalt und erinnerte mich eher an ein Wandgemälde in einer italienischen Restaurantkette als an etwas, das bei einem echten Künstler in Auftrag gegeben worden war. Und der Boden? Gold. Glänzendes, funkelndes Gold. Bei allem, was stylisch ist: *Warum?*

Ich dachte, es war eher ein Fall von „warum nicht". Alles hier schien Innenarchitektur auf diese Weise anzugehen: *Warum nicht? Wer soll mich aufhalten? Wer würde es wagen, sich den High-Fashion-Vorstellungen von Echo Chambers zu widersetzen?*

Ich erwartete fast, Echo auf einer weich gepolsterten Kline liegend vorzufinden, während Jungen ihn mit Weintrauben fütterten, und tatsächlich war das nicht weit von dem entfernt, was ich vorfand. Aber statt eines Speisesofas war es eine lange rote Samtbank, und statt Weintrauben standen Oliven auf einem (natürlich goldenen) Beistelltisch, und (Gaia sei Dank) waren keine Jungen zu sehen.

„Nora Ashcroft", sagte er und schwang seine Ziegenbeine von der Bank. Seine Hufe klapperten auf dem goldenen Boden, als er sich aufsetzte. „Meine Götter. Du bist genauso fabelhaft schlicht wie immer."

„Hübscher Laden, den du hier hast", sagte ich und konnte meinen Sarkasmus kaum verbergen.

„Und trotzdem sehe ich dich nie hier. Olive?" Er saugte den Saft von seinen Fingerspitzen und hielt mir die verzierte Metallschüssel hin, als ich näher kam.

„Nein, danke."

Er rutschte ein Stück, um Platz zu machen, und klopfte dann auf die Bank neben sich. Widerwillig setzte ich mich.

„Nun sag mir, Liebes“, bat er und klimperte mit seinen dichten, dunklen Wimpern, „wie kann ich dir helfen?“

„Ich habe mir sagen lassen, dass du in letzter Zeit ein paar finanzielle Probleme hattest.“

Er kicherte. „*Ich habe mir sagen lassen.* Oh Nora, du bist ein Kracher! Jetzt verstehe ich es.“ Er lehnte sich zurück, musterte mich von oben bis unten und winkte mit seiner offenen Handfläche in kleinen Kreisen, während er mich betrachtete. „Dieses ganze Outfit ist doch Deputy-Chic, oder? Das ist es, was du darstellen willst? Eine Privatdetektivin.“ Ihm blieb der Mund offen stehen, während er langsam den Kopf von einer Seite auf die andere bewegte, als wäre ich der fleischgewordene pikante Skandal. „Ich dachte, du hättest keinen Stil, dabei hast du in Wirklichkeit einen der subtilsten und ironischsten Stile in ganz Eastwind. Fan-*tastisch!*“

Ich konnte nicht sagen, ob er mich verspottete oder nicht, also fuhr ich fort. „Stimmt das? Bist du wirklich knapp bei Kasse? Die Lyre Lounge bringt nicht so viel Geld ein, wie du erwartet hast?“

Er verdrehte dramatisch die Augen. „Du bist überhaupt nicht amüsant. Und um deine Frage zu beantworten: Ja und nein. Ja, ich hatte zu kämpfen, wie alle Unternehmen am Anfang, aber nein, so ist es nicht mehr. Übrigens, herzlichen Dank auch, dass du meine beste Stylistin in Ironhelm hast einsperren lassen.“ Er verzog das Gesicht und grinste mich an. „*Super* hilfreich, wenn ich schon überlastet bin.“

„Tandy Erixon hat jemanden ermordet, Echo. Das ist nicht meine Schuld.“

Er winkte ab, als wäre es ein kleines Detail. „Es war ihr *Liebhaber.* Leute ermorden dauernd ihre Liebhaber.“

„Ach, wirklich? Hast du einen Liebhaber ermordet?", fragte ich.

Er beugte sich vor, als könnte jemand mithören, und sagte: „Das muss die königliche Polizei von Avalon klären." Dann warf er den Kopf in den Nacken und kicherte über seinen eigenen Witz. Als er fertig war, seufzte er und verhielt sich wieder normal. „Du stehst also nicht auf Mordwitze. Werde ich mir merken."

„Du weißt, dass die Goldreserven verschwunden sind, oder?"

Er gähnte, und ich hatte schon lange kein aufgesetzeres mehr gesehen. „Ja, das habe ich gehört."

„Kommt mir seltsam vor, dass die Goldreserven verschwinden und du plötzlich keine finanziellen Probleme mehr hast."

„Worauf willst du hinaus? Ich habe in einer halben Stunde einen speziellen Friseurtermin bei Veronica Lovelace, und wenn ich zu spät komme, könnte sie mich tatsächlich fressen."

Obwohl ich nicht daran zweifelte, dass die Werwolfmatriarchin verärgert sein würde, konnte ich mir nicht vorstellen, dass sie ihre kulinarischen Ansprüche so weit hinunterschrauben würde, dass ein Satyr auf ihrer Speisekarte Platz hatte, der mehr blumiges Parfum als Fleisch war. „Ich glaube, du hast dich eingeschlichen und die Goldreserven gestohlen, als Rainbow Falls ausgetrocknet war."

Seine Oberlippe verzog sich, und seine linke Augenbraue hob sich. Er wich ein wenig zurück. „Ihhh." Er drehte den Kopf zur Seite und hob die Hände, die Handflächen in meine Richtung. „Ihhh", sagte er nochmal. „*Auf keinen Fall* würde ich diese verstaubten Münzen anfassen. Außerdem müsste ich eine *Felswand* hinunterklettern, um dorthin zu gelangen." Seine Augen waren weit aufgerissen und flehten, als wäre der bloße Gedanke an eine solche Anstrengung abstoßend.

„Sind Ziegen nicht gut darin, sich auf zerklüftetem Gelände zu bewegen?"

Er ließ die Hände sinken und kniff die Augen zusammen. „Ich werde so tun, als hättest du das nicht gerade gesagt. Und damit wir uns verstehen: Ich habe das Gold nicht gestohlen. Dafür hätte ich viel zu viel Zeit im Freien verbringen und schwere Säcke *tragen* müssen. Ähm, nein. Leute, die schwere Dinge tragen, werden muskulös, und das ist einfach nicht mein Ding, weißt du?"

Ich wusste es nicht, aber als ich mir seine dürren Arme ansah, schien es, als würde er nicht lügen. „Gut. Wie wäre es dann, wenn du mir erzählst, wie du so schnell aus den finanziellen Schwierigkeiten herausgekommen bist?"

„Was denkst du?", sagte er. „Ich habe einen Investor gefunden."

„Einen Investor? Und wie viel hat dir dieser Investor gegeben?"

Er wich meinem Blick aus und murmelte: „Fünfhundert Goldstücke."

„Was?!" Ich wollte ihm nicht ins Gesicht schreien, aber das war locker zehnmal so viel, wie ich erwartet hatte. „Wofür in aller Welt könnte man so viel Geld ausgeben?" Ich sah mich um, aber nein, alles war immer noch kitschig, und die Böden waren definitiv nicht aus echtem Gold.

Er vermied es nach wie vor, mich anzusehen, während sein Blick weiter durch den Raum schweifte. „Sachen. Manche geschäftlich, manche privat."

„Und woher", begann ich und zügelte mich wieder, „hat dieser Investor so viel Geld?"

Dann sah er mir in die Augen. „Von seiner Familie, nehme ich an." Der Zeitpunkt war zu verdächtig. Ich bezweifelte, dass selbst Veronica Lovelace so viel Geld herumliegen hatte, ganz zu schweigen von dem Wunsch, es einem Narziss wie Echo zu geben. Wer auch immer dieser Investor war, er oder sie wäre jetzt mein Hauptverdächtiger für den Goldraub.

„Echo", sagte ich langsam, „wer ist dein Investor?"

Seine Nasenflügel bebten minimal, als er seine Lippen zu einer Linie zusammenpresste. Einen Moment lang dachte ich, er würde es mir nicht sagen. Vielleicht hatte er Angst, es zu sagen. Vielleicht war dieser Investor gefährlich. Meine Gedanken schossen zu Graf Malavic.

Aber dann, als würde er Gift ausspucken, sagte Echo: „Seamus Shaw."

„Seamus?" Ich versuchte, es zu begreifen. „Aber ich hatte gehört, dass er hier Hausverbot hat. Warum sollte er in deine Bar investieren?"

Es war nicht so, dass ich dachte, Echo log, es war vielmehr, dass viele Puzzleteile zusammengefügt werden mussten, bevor ich es verstehen konnte.

„Oh ja. Er hatte Hausverbot. Aber *sowas* von! Nach seinem Verhalten bei der Wintersonnenwende-Gala. Ich – ich kann einfach nicht." Er schloss die Augen und hob eine Hand, um anzudeuten, dass ich ihm einen Moment Zeit geben sollte, sich zu sammeln. Er öffnete die Augen wieder und rollte die Schultern. „Aber wer lehnt schon fünfhundert Goldstücke ab? Sheehan's hatte geschlossen, und er brauchte einen Ort, an dem er trinken und Ärger mit seinem räudigen Werwolffreund anzetteln konnte. Er hat mich gefragt, wie viel er dafür zahlen müsste, und ich habe scherzhaft ‚fünfhundert Goldmünzen' gesagt. Aber dann hat er zugestimmt, und ich werde nicht so viel Geld ablehnen! Danach wurde sein Hausverbot umgehend aufgehoben."

„Sind die Shaws so reich?", fragte ich.

„Oh, sie sind eine alte Eastwinder Familie. Sie haben damals mit den Sheehans das Viertel Erin Park gegründet. Ich bin immer davon ausgegangen, dass sie reich sind, genau wie die Lovelaces, aber bei Kobolden weiß man nie. Sie reden nicht mit anderen über Geld. Sie sind im Allgemeinen eher geizig.“

„Also hast du es nicht hinterfragt, als Seamus dir so viel Geld gegeben hat?“

Er lachte unbekümmert und versetzte mir spielerisch einen Klaps auf die Schulter. „Oh, Nora, Liebes. Nur ein Narr würde ein solches Geschenk hinterfragen. Nein, ich sage, wenn dir jemand genug bietet, um den Rest deines Lebens bequem davon leben und gleichzeitig zwei Unternehmen führen zu können, die im Grunde Fässer ohne Boden sind, stellst du keine Fragen. Du nimmst das Geschenk, gibst ihnen, was sie wollen, und gehst fröhlich deines Weges, nur reicher.“

Es war klar, dass Echo und ich sehr unterschiedliche Prioritäten und Vorstellungen davon hatten, was es bedeutete, anderen etwas zu schulden, aber ich beschloss, nicht darauf einzugehen. Denn es war auch klar, dass ich alles von dem Satyr bekommen hatte, was ich brauchte, und ich hatte wirklich keine Lust, noch mehr Zeit in dieser billigen Vegas-Version des antiken Griechenlands zu verbringen.

„Danke, dass du dir Zeit für mich genommen hast“, sagte ich und stand auf. „Viel Glück mit dem Geschäft!“

Er winkte ab. „Glück oder Pech. Das ist mir jetzt egal! Ich bin fürs Leben versorgt. Ehrlich gesagt habe ich schon darüber nachgedacht, den Laden zu schließen. Dieses Kaff schätzt ein kultiviertes Nachtleben einfach nicht. Ein typisches Beispiel: Sie haben dieses Jahr *geschmolzenen Käse* zum Gewinner des Kochwettbewerbs gekürt.“ Er rollte die Augen und drehte sich um, um seine Hufe wieder auf die Samtbank zu werfen, jetzt, da ich den Platz nicht mehr besetzte. „Es scheint eine sehr *geschmolzene Käse*-Stadt zu sein.“ Als er sich noch eine Olive in den Mund schob, beschloss ich, dass ein höflicher Abschied nicht nötig war, und ging zurück zu Ruby, um nicht zu spät zu meiner Unterrichtsstunde mit Oliver zu kommen.

So belebend die Geschichte der Kryptozoologie auch war (nur ein Scherz, es war einschläfernd), mein Geist konnte sich nicht lange genug von dem Gespräch mit Echo lösen, um mich zu konzentrieren. Und Oliver fing an, es zu bemerken. „Ich weiß, es ist jetzt nicht offensichtlich, wie relevant das alles ist", sagte er, „aber wenn wir erst einmal bei der modernen Kryptozoologie und dem geopolitischen Klima der Lucidite-Zirkel in den Dirthian Prairies ankommen, wirst du dir wünschen, du hättest in diesem Teil besser aufgepasst."

„Tut mir leid", sagte ich. „Können wir kurz das Thema wechseln?"

Er blinzelte schnell. „Okay."

„Wenn dir jemand aus dieser Stadt ein anonymes Paket mit fünfhundert Goldstücken zuschicken würde, was würdest du denken, von wem es kommt? Und lassen wir die Motive außer Acht. Vielleicht hat derjenige einfach so viel Geld, dass er es zum Fenster rauswerfen kann, und hat Lose gezogen, um zu sehen, wem er es schicken soll."

Ich wusste, dass mein nerdiger Tutor anbeißen würde, wenn ich es als eine Art Logikrätsel darstellte. „Also, mein erster Gedanke wäre Graf Malavic. Dann würde ich vielleicht Veronica Lovelace raten. Dann vielleicht Liberty Freeman."

„Liberty Freeman? Wirklich?"

„Nun, er ist ein Dschinn. Er kann mit den Fingern schnippen und Gold erscheint."

Daran hatte ich nicht gedacht. „Warum macht er das dann nicht einfach für alle?"

Oliver sprach langsam, als wäre die Antwort so offensichtlich und ich so dumm. „Weil das Inflation verursachen würde. Außerdem ist niemand ein größerer Verfechter des Wertes harter Arbeit als Liberty."

„Und Seamus Shaw würde es nicht auf deine Liste möglicher anonymer Wohltäter schaffen?“

„Ha!“ Olivers Gesicht hellte sich auf, als hätte ich gerade einen cleveren Witz erzählt. „Nicht wirklich. Quinn vielleicht, aber nicht Seamus. Und nicht nur, weil der Mistkerl niemals im Leben so viel Geld aus reiner Herzensgüte hergeben würde. Nein, Seamus hat kein Geld außer dem Hungerlohn, den sein Vater ihm bezahlt.“

Damit war die Sache so gut wie geklärt. So gut wie. Ich musste noch ein wichtiges Stück Buchwissen von meinem Tutor abgreifen. „Können Kobolde Magie wirken?“

Er blinzelte schnell, und ich konnte sehen, dass ihm ein halbes Dutzend Fragen auf der Zunge lagen, aber anstatt sie zu stellen, antwortete er: „Ja. Bestimmte Arten.“

„Würde ein Schuldsturm zu diesen Arten zählen?“

Er kratzte sich die Stoppeln am Kinn und starrte einen Moment auf den Tisch, bevor er mich wieder ansah. Seine ungewöhnlich geraden Augenbrauen waren über dem Nasenrücken zusammengezogen. „Ja. Ich glaube, ich habe gehört, dass sie dazu in der Lage sind. Sie sind Meister in Zaubersprüchen emotionaler Manipulation, und ihre Traditionen der Ahnenverehrung würden darauf hindeuten, dass ...“

Alles, was ich gebraucht hätte, war ein einfaches Ja. „Na dann. Ich sollte besser losmachen.“ Ich schlug mir auf die Schenkel und stand auf.

„Warte, was machst du? Du *gehst*?“

„Ja“, sagte ich. „Die Entdeckung des Funkengens bei Phönixen und wie das zur ersten Kategorisierung von Feuervögeln führte, ist faszinierend und so, aber ich muss was überprüfen gehen.“

„Überprüfen? Was? Nora, wohin gehst du?“

Ich zuckte die Achseln. „Wohin geht eine Mittdreißigerin so spät in der Nacht? Ich gehe runter in den Pub.“ Ich lächelte ihn an, nahm meinen Zauberstab aus der Schublade neben der Haustür und steckte ihn in meinen Hosenbund. Nicht, dass ich gewusst hätte, wie man das Ding für irgendeine Art von Verteidigungszauber einsetzte, aber es war immerhin besser, als ihn nicht dabeizuhaben.

Zumindest könnte er praktisch sein, um Seamus damit zu stechen, wenn er auf die Idee kam, zudringlich zu werden.

Kapitel Vierzehn

Ich war mir nicht sicher, wie ich mein Gespräch mit Seamus angehen sollte, aber ich wusste zwei Dinge:

Erstens würde ich Tanner auf keinen Fall erzählen, wohin ich ging und warum. Er würde verlangen, mitzukommen, und ich wusste, dass das keine gute Idee war; er würde mit Seamus' Schmierigkeit nicht klarkommen, die, wie ich wusste, nicht zu vermeiden wäre.

Zweitens trieb Seamus sich mit Lucent und ein paar anderen zwielichtigen Werwölfen herum, und das Letzte, was ich wollte, war, dass er herausfand, was ich vorhatte. Er griff vielleicht nicht zu Gewalt, um seine Tarnung zu wahren, aber die anderen, die im besten Fall über das Gold Bescheid wussten und im schlimmsten Fall Komplizen waren, könnten dazu neigen.

Mit Grim zu verhandeln, dass er mich zur Sicherheit begleitete, schien mehr Ärger zu bedeuten, als es wert war. Er hasste Sheehan's Pub, wo ich hinwollte, weil die Leute im gedämpften Licht immer mit ihm zusammenstießen, wenn sie betrunken waren. Außerdem waren die Böden immer klebrig, und so sehr er es auch genoss, schmutzig zu sein, klebrig war nicht dasselbe. Das konnte ich ihm nicht zum Vorwurf machen. Ich würde mich bestimmt nicht auf diese Kneipenböden legen wollen.

Es bestand zwar eine geringe Chance, dass Seamus nicht da wäre, aber andererseits auch nicht. Solange er nicht krank oder tot war, würde er da sein, und zu dieser späten Stunde hatte er bereits mindestens ein halbes Dutzend Bier intus. Das sollte die Sache ziemlich einfach machen. Wenn ich ihn nur schneller zum Reden bringen könnte, als sein Verstand folgen konnte, könnte ich Glück haben.

Ich stieß die schwere Holztür auf und fand den Laden praktisch ausgestorben vor. Nach dem Chaos der vergangenen Nacht mussten alle beschlossen haben, es zu Hause ruhig angehen zu lassen. Oder fast alle.

Seamus und Lucent und ein anderer Mann, den ich nicht kannte, saßen in der Ecke und versuchten abwechselnd, Kupfermünzen in einen leeren Krug zu werfen.

Wenn ich lässig wirken wollte, brauchte ich einen Drink in der Hand. Vielleicht hatten sie mich am Abend zuvor ohne einen gesehen, und zwei Nächte, in denen ich aus anderen Gründen als zum Trinken hier war, wären ein bisschen verdächtig.

Aber als ich mich zur Theke umdrehte, hielt ich inne und bemerkte das seidige, dunkelbraune Haar von Donovan, der allein über die Theke gebeugt dasaß.

Großartig. Kein Faktor, mit dem ich mich jetzt auseinandersetzen wollte. Aber außer den bereits erwähnten saßen nur eine Handvoll anderer Eastwinder in Nischen oder an Tischen, einige zum Lesen, andere unterhielten sich leise mit ihren Saufkumpanen. Soll heißen, dass es keine Möglichkeit gab, Donovan aus dem Weg zu gehen, also beschloss ich, es hinter mich zu bringen und das Thema direkt anzugehen.

Ich rutschte auf den Platz neben ihm und winkte Kelley Sullivan heran, den Südwindhexenmeister, der an der Bar arbeitete. Er nickte, und ich bestellte mein übliches Bier. Als ich mich zu Donovan umdrehte, starrte er mich an, als wäre ich aus dem Nichts aufgetaucht.

„Ich weiß, ich weiß", sagte ich, „von allen Kaschemmen in allen Städten der Welt muss ich ausgerechnet in deine kommen."

Er blinzelte mich an. „Wovon zum Teufel redest du?"

„Das ist aus ... egal, vergiss es."

Er starrte auf sein Bier. „Ich kann nicht einmal ansatzweise erraten, was du hier zu dieser Nachtzeit allein machst, und ... ich glaube, ich will es auch gar nicht."

Sein resignierter Ton und sein schwerer Seufzer deuteten darauf hin, dass ich vielleicht unbeabsichtigt eine Mitleidsparty gecrasht hatte. Das war okay. Ich würde nicht lange bleiben.

„Das willst du auf keinen Fall. Also, wenn du bitte" – Kelley reichte mir das Bier – „danke." Ich legte zwei Kupfermünzen auf die Theke, aber der Barkeeper schüttelte den Kopf.

„Sofern das kein Trinkgeld ist", antwortete Kelley, „ist das nicht nötig. Seamus zahlt für den ganzen Abend."

Guter Golem, konnte der Kobold noch offensichtlicher sein? Es grenzte an Tölpelhaftigkeit, wie er mit seinem Geld um sich warf, als könnte es nie ausgehen. Das war das Neureich-Syndrom in seiner schlimmsten Form.

„Schon gut. Lass mich einfach selbst bezahlen." Ich kramte eine weitere Kupfermünze aus meiner Hosentasche hervor. „Hier. Dann lass das dein Trinkgeld sein."

Kelley nickte und nahm das Geld, obwohl ich nicht sicher war, ob er Seamus mein Bier trotzdem in Rechnung stellen und das Trinkgeld behalten würde, das ich ihm gegeben hatte.

Wenn er schlau wäre, würde er es tun. Rechnungen bezahlen sich nicht von selbst. Nicht einmal in Eastwind.

Ich drehte mich wieder zu Donovan um und öffnete den Mund, um zu sprechen, aber bevor ich konnte, fiel er mir ins Wort.

„Du willst dir von dem Typen nicht mal einen Drink ausgeben lassen?"

„Von wem, Seamus? Höllenhunde, nein. Warum sollte ich? Ich habe mein eigenes Geld."

Er zuckte die Achseln. „Ich auch, aber ich lasse mir einen kostenlosen Drink sicher nicht entgehen. Vor allem nicht von jemandem wie Seamus. Es ist, als würde er Wiedergutmachung dafür leisten, dass er ein Versager war."

„Richtig. Also, tu, womit du dich gut fühlst. In der Zwischenzeit bleib bitte genau da, wo du bist, bis ich gehe. Ich werde dich nicht mit dem Grund belasten, warum ich allein hier bin, wenn du versprichst, dich bei nichts einzumischen, was ich gleich tun werde."

Er schloss langsam die Augen und hielt sie geschlossen. „Jetzt ergibt es einen Sinn. Du bist im Begriff, was wirklich Dummes zu tun, wahrscheinlich auch was Gefährliches. Deshalb ist Tanner nicht hier." Dann nickte er und öffnete die Augen wieder. „Also gut. Wenn ich hier sitzen und nichts tun soll, während, was immer du vorhast, unweigerlich schrecklich schiefgeht, erwarte ich von dir, dass du Tanner gegenüber nicht erwähnst, dass ich hier war ... vorausgesetzt, du lebst noch, um ihm was zu erzählen."

„Abgemacht. Aber du übertreibst. Ich bin im Sheehan's. Alles wird gut."

Ich warf ihm ein sarkastisches Grinsen zu und ging zu einem Tisch neben Seamus, Lucent und ihrem Freund.

Sie direkt anzusprechen, wäre zu offensichtlich gewesen,

aber ich wusste, dass sie nicht die Art von Leuten waren, die eine Frau allein an einer Bar sitzen ließen, ohne anzunehmen, dass sie gekommen war, um belästigt zu werden. Denn immer, wenn eine Frau allein in der Öffentlichkeit unterwegs ist, ist sie offensichtlich nur da, um einen Verehrer zu finden, oder?

Das oder um einen Mörder zu fangen, je nachdem.

Oder, eigentlich, wegen einer Million anderer Dinge, die besagten potentiellen Verehrer einen Dreck angehen.

Ich bedauerte, kein Buch zum Lesen mitgebracht zu haben. Es schien ein bisschen offensichtlich, dass irgendwas im Gange war, wenn ich einfach so allein dasaß und nichts zu tun hatte. Aber es dauerte nicht lange, bis ich eine blecherne Stimme vom Tisch neben mir sagen hörte: „Wo ist dein hübscher Freund?"

Seamus.

„Ihr zwei habt euch doch nicht gestritten, oder?"

Ich begegnete seinem Blick ... wie erwartet schielte er schon vom Alkohol. „Nein. Er weiß nicht, dass ich hier bin. Ich brauchte nur ein bisschen Freiraum." Ich zwang mich zu einem Lächeln, obwohl alles in mir, all diese Überlebensinstinkte, die Frauen mit der Zeit entwickeln, wenn ein freundliches Lächeln immer wieder als Einladung zum Belästigen interpretiert wird, sich aktiv dagegen sträubten.

„Ah, ja, das ergibt einen Sinn. Der Typ kann einen ersticken. Warum gesellst du dich nicht zu uns und lachst ein bisschen? Kein Ersticken. Versprochen."

„Es sei denn, du willst es", murmelte der Mann, den ich nicht erkannte.

Ich lachte mit und ging zu ihnen an ihren Tisch. Da war ein Hocker leer, aber ich setzte mich nicht. Der Plan, der sich in meinem Kopf zu formen begann, beinhaltete Lucent und diesen anderen Widerling nicht. Lucent war vielleicht ein Säufer und ein Süchtiger, aber er hatte ein paar Dutzend IQ-

Punkte mehr als sein bester Freund, den er, so vermutete ich, um sich behielt, damit er ihn ansehen und denken konnte: Wenigstens bin ich nicht ganz so schlimm.

Ich vermutete, dass Seamus Lucent aus demselben Grund in seiner Nähe behielt.

Wie auch immer, ich musste Seamus allein erwischen, wenn ich die Wahrheit aus ihm herauslocken wollte. Aber wie?

Als mir die Antwort einfiel, kippte ich meinen Drink so schnell wie möglich hinunter. Ich trank kaum – ich hatte nie Zeit dank Arbeit, Unterricht und meiner Freizeitbeschäftigung, Geistern beim Übertritt zu helfen. Dieses Bier auf ex runterzukippen, war riskant. Es war stark, mein üblicher Drink, weil über den Abend verteilt einer genug war. Und das bedeutete, dass ich, sobald ich es weggestellt hatte, etwa zehn bis fünfzehn Minuten Zeit hatte, bevor es wirkte und mein Urteilsvermögen getrübt war.

Die andere Möglichkeit war, es langsam zu trinken und ihren Unsinn länger ertragen zu müssen. Das schien der klügere Weg zu sein, bis der Mann, den ich nicht kannte, mir die Hand entgegenstreckte. „Slash", sagte er. „Slash Scandrick. Lucents Cousin." Großartig. Noch ein Werwolf.

Als wir uns die Hände schüttelten, knurrte er leise und leckte sich die Lippen. „Du hast einen festen Griff. Ich könnte einer Frau wie dir Arbeit geben. Ich habe alle möglichen Dinge, die ich im Griff halten muss."

Und einfach so war es klar die bessere Idee, das Bier zu exen und mit einem unsichtbaren Timer zu arbeiten.

Ich trank mein Glas aus, ignorierte die anzüglichen Kommentare, die sich daraus ergaben, knallte es dann auf die Tischplatte und lächelte. „Wer spendiert mir mein nächstes Bier?"

„Ich spendiere schon für alle in der Bar. Bedien dich", sagte Seamus.

Ich starrte in meinen leeren Becher. „Weißt du, ich glaube, ich möchte mal was Neues ausprobieren. Du bist ein ziemlicher Kenner, habe ich gehört. Vielleicht kannst du mir helfen, ein gutes Bier auszusuchen." Ich nickte in Richtung Bar, und er zögerte nicht, von seinem Hocker zu klettern und mit mir an den Tresen zu wanken.

„Ich habe jedes Bier in Eastwind probiert", sagte er. „Sogar einige, die angeblich Bier waren, sich aber als was ganz Widerliches rausgestellt haben. Ich kann dir helfen, zu finden, was du suchst."

„Du bist so ein Gentleman."

Er drehte ruckartig den Kopf herum und starrte mich an, und ich fragte mich kurz, ob ihn jemals jemand so genannt hatte.

„Ja", sagte er. „Weißt du was? Das bin ich. Ich bin ein Gentleman mit Reißzähnen!"

Okay. Diese Identität gefiel ihm. Zur Kenntnis genommen.

Kelley warf mir einen zweifelnden Blick zu, als er sah, mit wem ich jetzt zusammensaß. Vier Stühle trennten uns von Donovan, und Kelley schien offensichtlich zu denken, dass ich mir die schlechtere der beiden Optionen ausgesucht hatte.

Natürlich gab ich ihm da recht, aber ich ließ es mir nicht anmerken.

„Willst du was Leichtes oder was Kräftiges?", fragte Seamus und wischte sich eine verschwitzte orangefarbene Haarsträhne aus der Stirn.

„Leicht", sagte ich. „Nicht zu hopfig."

Er nickte.

„Was kann ich euch bringen?", fragte Kelley zögernd.

„Für die Lady, warum probieren wir nicht ein Dragon's Hair Lager, und ich nehme noch ein Dark Wish Stout."

Als Seamus herumwirbelte, um mir seine volle Aufmerksamkeit zu schenken, formte Kelley mit den Lippen „Hilfe?"

Ich schüttelte kurz den Kopf und konzentrierte mich dann auf den Kobold. „Ich habe gehört, dass du gestern auch Drinks für die Bar ausgegeben hast", sagte ich. „Du bist ein richtiger Philanthrop geworden, Seamus. Du machst glatt Graf Malavic Konkurrenz. Ich bin beeindruckt."

„Ach, das war nichts."

„Ich wusste nicht, dass du so reich bist. Ich mag reiche Männer." Ich kicherte und wollte mir dabei eine Ohrfeige geben.

Bleib dran, Nora.

Dann machte ich einen großen Fehler und blickte über Seamus' Kopf hinweg zu Donovan, der dort saß. Seine Augen spiegelten den gleichen Ekel für mich wider, den ich für mich selbst empfand.

Ich räusperte mich. „Ich nehme an, das Geld ist von deinem Vater?", fragte ich, „Ich meine, du hattest schon lange keinen Job mehr. Sonst würde es sicher viele Fragen aufwerfen, wie du an so viel Geld gekommen bist."

Sein Mund stand ein wenig offen, während er seine buschigen Brauen zusammenzog. Ich glaube, er wollte nicken, aber so betrunken, wie er war, wiegte er seinen ganzen Körper langsam vor und zurück.

„Apropos Vater, wie geht's ihm?" Ich beugte mich vor und flüsterte verschwörerisch: „Sind die Geister immer noch hinter ihm her?" Ich verkniff mir ein Grinsen und wackelte mit den Augenbrauen.

Seamus lachte. „Oh, du bist ein teuflisches Mädchen! Das wusste ich, als ich dich das erste Mal gesehen habe." Er beugte sich ebenfalls vor, und der Gestank abgestandener Bierhefe, der aus seinem Mund quoll, brachte mich für eine Sekunde aus dem Gleichgewicht, bis ich mich daran gewöhnt hatte und durch den Mund atmen konnte. „Ich kann dir gar nicht sagen, wie lustig es ist, ihn durch das Haus stolpern zu sehen, während er nach Dingen schlägt, die ich nicht sehen kann, und Vorwürfe abstreitet, er hätte seinesgleichen verraten. Ich hätte mir heute fast in die Hose gepinkelt, als er zusammengebrochen ist, geschluchzt und sich dafür entschuldigt hat, eine Enttäuschung gewesen zu sein.“ Er warf den Kopf in den Nacken und kicherte, und ich nutzte die Gelegenheit, um Luft zu holen und Donovan wütend anzustarren, der sich mit der Seite seines Kopfes auf seiner Faust und dem Ellbogen auf der Theke hingesetzt hatte, um das Spektakel zu beobachten. Er zeigte mir schnell ein ‚Daumen hoch‘.

„Mutter glaubt, er wird langsam verrückt“, fuhr Seamus fort. „Sie glaubt nicht, dass jemand da ist.“

„Oh, das tut weh“, sagte ich. „Aber du glaubst es, oder?“

„Natürlich tue ich das! Ich war … ich kann es spüren. Kalte Schauer und so.“

Um Himmels willen! War er wirklich so kurz vor einem Ausrutscher? Jetzt schon? Natürlich wollte ich, dass das schnell vorbei war. Ich wollte das Geständnis, um sicher zu sein, bevor ich Sheriff Bloom die Beweise vorlegte, aber es war einfach erbärmlich, wenn ihm das so leicht herausrutschte. „Der fünfte Wind“, sagte ich. „Ja. Apropos, und das bleibt unter uns, okay?“

Er nickte.

„Ich glaube, es war mein Queso, der es verursacht hat.“

Er räusperte sich und richtete sich auf. „Ach ja? Und wie kommst du darauf?“

„Nun, die Geister sind gleich erschienen, nachdem sie meine Chips und meinen Queso gegessen haben. Ich kann mir vorstellen, dass ich das Rezept vermasselt und das als Hexe des Fünften Windes aus Versehen verursacht habe.“

Er entspannte sich ein bisschen. „Ich weiß nicht viel über all das Zeug, aber klingt plausibel.“

„Ich weiß allerdings nicht, wie ich es gemacht habe. Ein

Teil von mir hofft irgendwie, dass sich jemand anderes einge-schlichen und es gemacht hat, denn das ist ein unglaublicher Streich. Und wer will nicht sehen, wie der Hohe Rat langsam in den Wahnsinn getrieben wird?" Als ich lachte, lachte er mit, und wider besseres Wissen strich ich ihm kokett über den Arm.

Seine Haut war … nass? Igitt. *Warum* war er so verschwitzt? Lief sein Körper auf Hochtouren und versuchte, Kalorien schneller zu verbrennen, als er sie trinken konnte? Oder viel-leicht machte ich ihn nervös.

Wie dem auch sei, ich versuchte, mir meinen Ekel nicht anmerken zu lassen, und wischte mir so beiläufig wie möglich die Hand an der Hose ab.

Hinter Seamus schmunzelte Donovan.

„Ich sag' dir", sagte ich, „wer sowas mit Absicht durch-ziehen könnte, wäre mein Held."

„Ein Held, was?"

Guter Golem, das war zu einfach.

„Oh ja."

„Und würde dieser Held eine Art Belohnung bekommen?"

Ich versuchte, schüchtern zu wirken, aber ich war mir ziemlich sicher, dass ich seit mindestens einem Jahrzehnt nicht mehr wirklich schüchtern ausgesehen hatte, also konnte ich nicht sicher sein, wie es wirklich aussah. „Weiß nicht. Ich müsste improvisieren, ein bisschen kreativ werden." Ich seufzte. „Mann, ich wünschte wirklich, ich wüsste, wer es gewesen sein könnte. Du weißt schon, vorausgesetzt, ich war es nicht."

„Ich glaube, heute könnte dein Glückstag sein, Nora."

„Oh ja? Warum?"

„Weil ich ziemlich sicher bin, dass ich weiß, wer die Chips verflucht hat."

Die Chips? Warum nahm er an, dass es die Chips waren?

Heiliger Wandler! Natürlich!

Die Puzzleteile fügten sich zusammen, und ich führte den Becher schnell an meine Lippen, um meinen Gesichtsausdruck zu verbergen, der mich, wie ich vermutete, sogar bei jemandem, der so schwer von Begriff war wie Seamus, verraten könnte.

Ich schloss die Augen. Natürlich waren es die Chips. Logisch! Die ganze Zeit war ich auf den Queso fixiert gewesen, aber der war es nicht gewesen. Er konnte es nicht gewesen sein.

„Und wer ist das?", fragte ich und versuchte, den logischen Teil meines Verstandes zu ignorieren, der alle Beweise umordnete und sie auf eine ganz neue und plausiblere Weise zusammensetzte.

„Ah, also Nora, ich gebe vielleicht Getränke aus, aber solche nützlichen Informationen gebe ich nicht umsonst her."

Nein. Neeeein!

Ich wusste, was kommen würde. Jedes Mädchen, das Zeit allein in Bars verbracht hat, weiß, was Seamus dafür verlangen würde.

Ich schluckte die Galle hinunter, die in meinem Magen aufstieg, und mir wurde klar, dass ich nichts zu Abend gegessen hatte. Großartig. Wenn ich kotzen müsste, wäre es nichts als Bier und Säure. „Und was kostet diese Information?", fragte ich und versuchte, nicht wie eine Verurteilte zu klingen, die die Galgentreppe hinaufgeht.

„Nichts, was du dir nicht leisten kannst. Nur ein kleiner Kuss."

„Wenn ich es tue, versprichst du mir, dass du es mir sagst? Ich finde es nicht attraktiv, wenn Männer lügen. Tatsächlich ist das für mich eine Art Dealbreaker."

Er legte eine Hand auf sein Herz. „Du hast mein Wort,

Nora. Gib mir nur einen kleinen Kuss, und ich sage dir, wer dein Held ist.“

Es wäre doch nicht so schlimm, oder? Nur ein schneller Kuss. „Auf die Wange?“

(So klingt übrigens die Hoffnung eines Narren.)

„Das kannst du gern tun, wenn du willst, aber reden werde ich so nicht. Lippen.“

Es war kein Betrug an Tanner. Es bedeutete nichts. Und in gewisser Weise sollte es Tanner helfen. Wenn ich die Dinge klären konnte, bevor sich das Gerücht verbreitete, dass man dem Essen im Medium Rare nicht trauen konnte, würde Tanner direkt davon profitieren.

Ich stellte mir vor, ihm am nächsten Tag davon zu erzählen, und sobald ich es tat, wusste ich, wie seine Reaktion sein würde: Mitleid. Würde er Seamus den Balg gerben wollen, weil er ein Widerling war? Oh, ganz bestimmt. Aber das wollte er auch so schon. Er würde mir allerdings nicht böse sein, weil Seamus keine Bedrohung darstellte.

Er würde vielleicht sicherstellen, dass ich meinen Mund gründlich ausgewaschen hatte, bevor ich ihn küsste, aber das konnte ich ihm kaum verdenken. In meinem Kopf schmiedete ich bereits Pläne, mir den Mund auszuwaschen.

Ich begann, mich mit dem Gedanken an den Kuss besser zu fühlen, als mir klar wurde, dass es Tanner nichts ausmachen würde.

Aber nur ein bisschen.

Denn ich musste den kleinen, betrunkenen, verschwitzten, diebischen Mann immer noch küssen.

Bring es einfach hinter dich!

„Okay“, sagte ich. „Ein Kuss auf die Lippen, und dann sagst du mir, welches heldenhafte Mitglied der Gemeinde von Eastwind diese Geister auf den Rat gehetzt hat.“

Er stellte sein Bier mit einem dumpfen Geräusch auf die

Theke und riss die Augen auf. Er hatte nicht gedacht, dass ich es tatsächlich tun würde. Aber jetzt tat er es. Er rollte seine Schultern zurück und neigte sein Gesicht zu meinem, bereitete die Landebahn für die Landung vor, und ich zwang mich, Donovan nicht anzusehen, während ich mich langsam vorbeugte.

Nein, ich reiße das Pflaster lieber schnell ab. Er hatte nicht gesagt, wie lang der Kuss sein musste. Ich schloss die Augen. Ein schnelles Küsschen würde reichen.

Und durch meine Lider brach ein blendender Lichtblitz hervor, als Seamus kreischte. Ich riss die Augen auf, als ein lautes Krachen durch die stille Kneipe hallte.

Seamus war auf der anderen Seite des Raumes, zusammengesunken an der Wand, um ihn herum die Splitter eines kaputten Stuhls. Während er leise stöhnte, suchte ich die Bar nach irgendeinem Hinweis darauf ab, was in aller Welt gerade passiert war.

Donovan stand auf, den Zauberstab ausgestreckt, und man musste kein Genie sein, um eins und eins zusammenzuzählen.

Und doch schrie ich, vielleicht reflexartig: „Donovan! Was hast du getan?" Obwohl es ganz klar war, dass er seinen Zauberstab benutzt hatte, um den Kobold quer durch die Kneipe zu schleudern.

„Gern geschehen", spie er.

„Das ging dich nichts an."

„Einhornäpfel! Und wie mich das was angeht!"

Ich warf einen Blick zurück zu Seamus. Er würde gleich wieder zu sich kommen. Wahrscheinlich.

Lucent und Slash waren jedoch nicht glücklich, und als der erste Schock ihren betrunkenen Zustand durchdrungen hatte, standen sie mit bernsteinfarben leuchtenden Augen auf. „Was in aller unheiligen Wut des Mondes denkst du, dass du da tust,

Stringfellow?", sagte Lucent, während dichtes, silbernes Haar aus seinen Armen spross.

„Wenn ich in meinem Leben nie wieder eine Hexe sehen müsste, wäre das noch zu früh", knurrte Slash, und Krallen schossen aus seinen Fingerspitzen.

Das war *nicht* gut.

Sie gingen direkt auf Donovan zu, der seinen Zauberstab ausgestreckt vor sich hielt und sich breitbeinig aufstellte, bereit für die bevorstehende Konfrontation.

Stand uns wirklich ein Kampf zwischen Werwölfen und Hexen mitten in Sheehan's Pub bevor?

Zwei Feen in einer Ecknische schlichen durch die Hintertür hinaus, und ich fand, dass das ein ziemlich schlauer Schachzug war.

Ich konnte Donovan allerdings nicht allein lassen. Der Idiot hatte sich selbst in diese Lage gebracht, ja, aber von ein paar silbersüchtigen Werwölfen in Stücke gerissen zu werden, schien keine gerechte Strafe zu sein.

Wir könnten ihnen allerdings nicht davonlaufen.

„Wagt es ja nicht", warnte Kelley die Männer hinter der Bar.

Aber seine Worte schienen nur den Auslöser zu betätigen, und im Handumdrehen beendeten Lucent und Slash das Wandeln und ließen sich auf alle Viere fallen, die Reißzähne gefletscht.

Versteck dich.

Die Stimme kam aus meinem tiefsten Inneren, war aber nicht meine. Verstecken? Wie sollten wir uns verstecken?

Das Licht.

Und genau in diesem Moment übernahm meine Einsicht die Kontrolle. Ich dachte nicht, dass sie das tun sollte, vor mein Bewusstsein zu treten. Alles, was ich darüber gelernt hatte, besagte, dass sie im Hintergrund blieb und eine Hexe die Weisheit entwickeln musste, innezuhalten und sie um Führung zu bitten.

Ich ballte die Fäuste und hielt den Atem an, und im Raum wurde es kalt.

Und dunkel. Stockfinster.

Irgendwie wusste ich das, auch wenn ich durch die Dunkelheit spähte und die Gestalten jeder Person wie die Knochen eines Röntgenbildes leuchteten. Ich verschwendete keine Zeit damit, es in Frage zu stellen. Stattdessen eilte ich los, packte Donovan an der Hand und zog ihn hinter mir durch die Dunkelheit und zur Tür des Sheehan's hinaus. Ich hörte weder auf zu rennen, noch ließ ich ihn los, und dachte auch nicht darüber nach, wohin ich ihn bringen würde, bis wir fünf Blocks entfernt vor der Tür von Ruby Trues Haus standen.

Ich schlug die Haustür hinter uns zu, sobald Donovan die Schwelle überschritten hatte, und holte scharf Luft, während meine Lungen von der plötzlichen Anstrengung brannten. Ich schloss die Augen und lehnte mich mit dem Rücken an die Tür. Ich hoffte, dass die Totems, die von der Decke baumelten, uns vor Werwölfen schützen würden, genauso wie vor Dingen aus der Geisterwelt, die uns vielleicht schaden wollten.

Die letzten blauen Glutreste glühten im Kamin, und verglichen mit der Dunkelheit, die wir gerade im Pub erlebt hatten, war Rubys Haus, das nur von einer magisch betriebenen Lampe auf dem Wohnzimmertisch erhellt wurde, blendend.

Donovan stützte seine Hände auf die Knie und holte ebenfalls Luft. „Was ist gerade passiert?"

„Ich weiß nicht." Ich rang verzweifelt nach Luft, um zu sagen, was ich im Pub schon hatte sagen wollen. Es war einfach so wichtig. „Du bist ein Idiot."

Er hob seinen hängenden Kopf gerade weit genug, um mich wütend anzustarren. „Sagt diejenige, die im Begriff war, Seamus Shaw zu küssen."

„Es war ein verdammter Kuss, keine Verlobung! Eifersucht steht dir nicht." Es war nur ein beiläufiger Kommentar, als Seitenhieb gemeint, ein Scherz. Aber sobald er aus meinem Mund war, wünschte ich, ich könnte ihn zurücknehmen.

Er richtete sich langsam auf, seine Brust hob und senkte sich noch immer. Die Augustluft draußen war dick von den Resten des Sommers, und Schweißperlen hatten sich um seinen Haaransatz und seine Oberlippe gebildet, aber ich fand sie nicht so abstoßend wie bei Seamus.

Ganz im Gegenteil.

„Wenn es nichts war", sagte er und kam so nah, dass ich die Hitze spüren konnte, die von ihm ausging, „warum küsst du mich dann nicht?"

Meine Gedanken wanderten zurück zum Rand der Klippe, zur Brandung, die gegen die schroffen Felsen unter mir schlug, zu mehr Sternen, als ich geglaubt hatte, dass es sie gab, die an den Himmel gemalt waren, während ich auf dem Rücken lag, nachdem ich Ba verbannt hatte, und zur Silhouette von Donovan, die über mir erschien und die Sterne für einen Moment verdeckte, bevor …

Meine Stimme war ein heiseres Flüstern, und ich konnte nicht glauben, was ich sagen wollte. Aber ich sagte es trotzdem. „Weil es bei dir was bedeuten würde."

Seine Lippen waren so nah an meinen. Es war kaum eine Bewegung nötig. Niemand müsste es wissen.

Jeder Herzschlag ließ das Blut in meinen Kopf schießen, während ich darauf wartete, dass er etwas sagte, etwas tat. Selbst wenn dieses Etwas ein Kuss war.

Ich gebe dem hastig getrunkenen Bier die Schuld dafür, dass ich ihn nicht aufgehalten hätte, wenn er es versucht hätte.

Aber er tat es nicht. Stattdessen schmolz die Intensität aus seinem Gesicht, und ein sanftes Lächeln zupfte an den Winkeln seiner rosigen Lippen. Er nickte und trat zurück. „Ich wusste es." Das Lächeln erreichte seine Augen. „Ich gebe dich nicht auf, Nora Ashcroft."

In diesem Moment wollte ich sagen: „Bitte nicht", aber stattdessen sagte ich: „Das solltest du."

Er hob den Saum seines Shirts, um sich den Schweiß aus dem Gesicht zu wischen, und dabei konnte ich einen Blick auf seine straffen Bauchmuskeln und die diagonalen Muskeln direkt über den Hüften erhaschen, die den Blick nach unten lenkten ...

Es kam mir grausam vor, dass er das direkt vor mir tat. Absolut unfair.

„Ich weiß, ich sollte", sagte er seufzend und ließ sein Hemd fallen. „Ich weiß auch, ich sollte mir einen anderen Job suchen als Barkeeper bei Franco's zu sein, aber das werde ich auch nicht machen."

Er griff nach der Türklinke an meiner Hüfte, und ich packte ihn am Handgelenk, um ihn davon abzuhalten. „Du kannst noch nicht rausgehen."

„Was", sagte er und zog amüsiert eine Augenbraue hoch, „du lädst mich ein, bei dir zu übernachten?" Der Humor verschwand aus seinem Gesicht, als er seine geöffneten Lippen fest zusammenpresste und dann den Kopf schüttelte. „Ich komm' schon klar."

„Hör auf damit, Donovan. Bleib einfach eine Weile hier. Du kannst in Rubys Sessel rumhängen, und ich werde es ihr nicht sagen. Geh einfach noch nicht. Es ist zu gefährlich, wenn Lucent und Slash da draußen sind. Sie können deiner Fährte folgen, und wer weiß ..."

Seine Körpersprache änderte sich augenblicklich. „Sag mir nicht" – er schlug mit der Faust gegen die Wand – „was ich tun soll, Nora."

Ich erstarrte, sein Körper war so nah an meinem, während seine Finger weiter um die Türklinke lagen. Seine nächsten

Worte waren kaum mehr als in mein Ohr gehaucht, doch sie zitterten vor Erregung. „Du hast kein Recht dazu. Kein Recht."

Er hatte nicht Unrecht.

„Tut mir leid", sagte ich und trat aus dem Weg.

Er öffnete die Tür ohne ein weiteres Wort, zückte seinen Zauberstab und trat in die Nacht hinaus.

Kapitel Fünfzehn

Der Schlaf beschloss, mir keinen Besuch abzustatten, und eine Stunde, bevor ich für meine Morgenschicht im Medium Rare aufstehen musste, rollte ich mich aus dem Bett und machte mich auf den Weg.

Dass Seamus Shaw derjenige gewesen war, der den Schuldsturm verursacht und das Gold gestohlen hatte, daran hatte ich kaum Zweifel. Ich hatte kein offenes Geständnis von ihm bekommen, aber als der Stachel des Schuldsturms, der Donovan Stringfellow für mich war, aus meinem Kopf verschwunden war und ich Stunden allein gehabt hatte, um darüber nachzudenken, fügte sich alles zusammen.

Es war Seamus' Erwähnung der Chips, die alles an den richtigen Platz rückte. Ich hatte den Queso erwähnt, und er hatte von den Chips gesprochen. Es schien ziemlich offensichtlich, dass nur die Person, die für den Fluch verantwortlich war, diesen Ausrutscher begangen haben konnte. Andernfalls hätte er einfach bestätigt, was ich gesagt habe.

Es gab jedoch noch ein paar offene Fragen. Als ich also aus dem Bett rollte und Grim anstieß, der in seinem Hundebett geschnarcht hatte, seit ich nach oben gegangen war, fragte ich ihn, ob er die Höllenhunde noch hören könne.

„Jupp. Jede Minute des Tages. Außer, wenn ich schlafe.“

„Dann ist es wohl gut, dass du 22 Stunden am Tag schläfst.“

„Das sagst du.“

„Eine letzte Sache noch: Du hast den Queso nie probiert, richtig?“

„Nein.“

„Schwörst du's?“

„Natürlich. Ich würde dich diesbezüglich nicht anlügen. Was könntest du jetzt auch tun? Mich einen ‚bösen Hund‘ nennen? Das ist keine große Sache, denn ich habe dir die ganze Zeit gesagt, dass ich ein böser Hund bin. Ehrlich gesagt wäre es eine Erleichterung, wenn du mir endlich glauben würdest.“

„Geh wieder schlafen.“

„Droh mir nicht mit Spaß.“

Als er seine Schnauze unter einer seiner riesigen Pfoten vergrub und prompt zu schnarchen begann, ging ich nach unten, um Tee zu machen, und versuchte, alle anderen Fragen meiner Theorie zu beantworten.

Tanner hatte den Käse probiert, aber hatte er Chips gegessen?

Nein, er hatte gesagt, er hätte einen Löffelvoll gegessen. Das passte, denn er war nicht vom Schuldgefühlssturm betroffen gewesen.

Grim hatte den Queso nicht probiert, sich aber mit den Chips vollgestopft, als hätte ich ihn nie gefüttert, und dann hatte er angefangen, die Höllenhunde zu hören.

Das ergab auch einen Sinn. Grim war ein Höllenhund gewesen, bevor er gestorben und ein Grim geworden war. Der Grund, warum er sie hören, aber nicht sehen konnte, war, so nahm ich an, dass Höllenhunde selbst im Tod die Deadwoods nicht verlassen wollten. Und ich konnte sie nicht hören, weil sie für meine Ohren zu leise waren. Das bedeutete auch, dass Seamus, wenn er die Chips verflucht hatte, es getan haben musste, bevor Grim sie gefressen hatte. Hm. Darüber würde ich nochmal nachdenken müssen.

Der Teekessel begann zu singen, und ich nahm ihn vom Herd und goss mir eine große Tasse ein.

Hatte Seamus ein Motiv? Ja. Er wollte mich davon ablenken, herauszufinden, wer das Gold gestohlen hatte. Das setzte voraus, dass Landons Theorie, dass die beiden Verbrechen von derselben Person begangen worden waren, stimmte. Sie war auf jeden Fall stichhaltig. Es war wahrscheinlich auch ein Bonus, dass der Fluch Quinn, Seamus' Vater, getroffen hatte. Jeder in der Stadt wusste, dass Quinn nicht Seamus' größter Fan war und umgekehrt. Und Seamus schien sich an der Vorstellung zu erfreuen, dass sein Vater eine Standpauke bekam. Er hatte nicht nur ein Motiv, für Ablenkung sorgen zu wollen, er hatte auch ein klares Motiv, warum er sich für *diese* Art der Ablenkung entschieden hatte.

Was die Mittel anging, hatte Oliver festgestellt, dass Kobolde zu solcher Magie fähig waren. Sicher, er hatte es ohne absolute Gewissheit gesagt, aber ein unsicherer Oliver hatte bei Dingen dieser Art häufiger recht als jeder andere – Informationen, die man aufschreiben und sich merken konnte.

Der letzte Punkt war die Gelegenheit. Wann hätte Seamus Zugang zu den Chips gehabt? Es musste gewesen sein, *bevor* Grim sie gefressen und *nachdem* ich sie am Abend, bevor Seamus und Lucent ins Medium Rare gekommen waren, gebacken hatte. Höchstwahrscheinlich war es, nachdem sie reingekommen waren. Aber das ließ nicht viel Zeit. Es war möglich, dass Seamus sich irgendwann nach seiner Flucht hineingeschlichen hatte, aber –

Das war's! Kurz bevor Tanner nach seinen Besorgungen reingekommen war. Ich hatte gedacht, er wäre reingekommen, gegangen und dann wiedergekommen, alles in einem kurzen Zeitraum, aber das war nicht passiert, oder? Jemand anders war durch die Hintertür reingeschlichen, und dieser jemand war Seamus.

Ich hatte die Lösung. Ich war mir sicher.

Ich nahm mir vor, mit Tanner über bessere Sicherheitsmaßnahmen für das Diner zu sprechen, die wir wahrscheinlich hätten klären sollen, nachdem Tandy sich hineingeschlichen und Bruce Saxon ermordet hatte, und dann trat ich in Aktion.

Ich schnappte mir drei Zettel Eulenpapier und einen Stift aus der Schachtel, die wir auf einem kleinen Tisch neben der Eingangstür aufbewahrten, und setzte mich an den Tisch im Wohnzimmer. Die erste Eule war für Sheriff Bloom. Das war die längste Nachricht, da ich die Beweise detailliert beschreiben musste, wobei ich sichergehen musste, dass der Teil über Seamus' Ausrutscher in Sheehans enthalten war, bevor ich sie abschickte.

Die zweite Eule war an den Hohen Rat gerichtet, genauer gesagt an Bürgermeisterin Esperia. Diese Nachricht war etwas schwieriger zu schreiben, da ich die Bürgermeisterin nicht kannte, aber Geschichten über ihre kleinen Fehden gehört hatte und es mir nicht mit ihr verscherzen wollte. Ich erklärte, dass ich mich mit dem Rat treffen müsse, um eine persönliche Angelegenheit zu besprechen, die einigen Ratsmitgliedern von Nutzen sein könnte. Ich hoffte, sie würde den Wink verstehen. Sicherheitshalber erwähnte ich, dass es sich um ein Nebenprojekt handelte, an dem ich aufgrund der begrenzten Personalsituation des Eastwinder Sheriff's Departments arbeiten musste. Wenn irgendetwas sie dazu bewegen würde, einen Posten im Budget für einen weiteren Beamten zu genehmigen, dann wäre es, wenn sie persönlich den Mangel an Ermittlungspersonal spüren würden.

Die dritte Nachricht war an Landon Hawker gerichtet.

Darin stand nur: „Du hattest recht; Seamus." Ich war sicher, er würde später nach Einzelheiten fragen, und ich würde es ihm gern ausführlich erklären, sobald das alles geklärt war und ich zu meinem normalen Leben zurückkehren konnte. (Ha! Scherz. Sowas gab es für mich nicht.) Vielleicht würde ich ihm bei einem großen Drink davon erzählen, den ich ihm definitiv schuldete.

Ich läutete das Glöckchen unter der Eulenstange auf Rubys Veranda, und einen Moment später flog eine Kuriereule mit drei Briefen in der Klaue in den Morgenhimmel.

„Ich bin überrascht, dich so früh hier zu sehen", sagte Tanner, als er ins Esszimmer kam, wo ich die Salzstreuer nachfüllte.

Ich hielt einen der Streuer gegen das Licht und untersuchte einen dunklen Fleck, der zwischen den weißen Körnern vergraben war. Ach was, das war wahrscheinlich in Ordnung. „Konnte nicht schlafen."

„Ja, das kann ich mir vorstellen. Nicht nach der Nacht, die du hattest."

Ach, wie nett. Ich war erwischt worden, oder?

Ich stellte den Streuer ab, richtete mich auf und grinste ihn vergeblich an. Mit verschränkten Armen lehnte er sich mit der Schulter gegen den Rahmen der Küchentür. „Ach ja", sagte ich. „Natürlich hast du es gehört. Wie viele Leute haben dich auf deinem Weg hierher angehalten, um es dir zu erzählen?"

„Fünf. Nein, warte. Sechs. Lance Flufferbum hat versucht, mich aufzuhalten, aber ich habe ihm gesagt, dass ich es schon weiß und nicht zu spät zur Arbeit kommen wollte."

Trotz der Lässigkeit, mit der er sich an die Wand lehnte, wie Tanner es normalerweise tat, war sein Körper so steif wie Maischips, die über Nacht draußengelassen worden waren.

„Willst du mir die wahre Geschichte erzählen? Denn ich habe gerade die letzte halbe Stunde damit verbracht, mir erzählen zu lassen, wie meine Freundin und mein bester Freund Hand in Hand aus dem Sheehan's weggerannt sind, während zwei Werwölfe sie verfolgt haben."

Ich rümpfte die Nase. „Tut mir leid. Ich hätte wohl eine Eule schicken sollen, aber ich wollte es dir persönlich erzählen."

„Du hättest vorbeikommen können, Nora."

„Es war spät."

Er ballte die Hände zu Fäusten, als er sich von der Wand abstieß. „Das ist mir egal!", knurrte er.

Ich trat einen schnellen Schritt zurück, und er fuhr sich mit der Hand übers Gesicht. „Tut mir leid", fügte er hinzu. Seine gehobenen Schultern sackten herab. „Nora, du weißt, dass du jederzeit vorbeikommen kannst, Tag oder Nacht, und es macht mir nichts aus."

„Ich weiß."

„Okay. Warum hast du es dann nicht getan?"

Den wahren Grund konnte ich ihm nicht nennen, weil ich ihn nicht in Worte fassen wollte. Also sagte ich stattdessen: „Es war nicht sicher. Lucent und Slash hätten noch da draußen gewesen sein können."

„Wo warst du dann? Wo habt du und Donovan euch versteckt?"

In meinem Kopf ging ein Licht an. „Oh, Tanner. Nein, das haben wir nicht ... Wir sind zu Ruby gerannt, aber er war nur kurz da, dann ist er gegangen."

„Richtig", sagte er schnell. „Entschuldige, es sollte nicht so klingen, als hätte ich gedacht, ihr zwei ..." Er beendete den Gedanken jedoch nicht, sondern winkte ab und runzelte die Stirn. „Nein, das ergibt einen Sinn. Du würdest nach sowas nicht lange draußen bleiben wollen." Er band sich die Schürze um die Hüfte und nickte. „Weißt du was? Ich vertraue dir." Er lächelte, aber in den Augenwinkeln zuckte er leicht, als würde er sich gegen einen unvermeidlichen Schlag wappnen. „Was auch immer du mit Donovan im Sheehan's gemacht hast, ist deine Sache. Ich vertraue ihm auch, also." Er kam zu mir, zog mich an den Armen zu sich heran und drückte mir einen sanften Kuss auf die Stirn, bevor er an mir vorbeiging, um sich eine Tasse Kaffee einzuschenken. „Gibt es Neuigkeiten, wann wir den Queso rausbringen können?"

„Richtig. Was das angeht ... Es hat eine große Entwicklung gegeben."

Er drehte sich auf dem Absatz um, um mich anzusehen, die Tasse in der einen Hand, die Kaffeekanne in der anderen, und ein fasziniertes Lächeln umspielte einen Winkel seiner sand-rosa Lippen. „Sprich weiter ..."

Und einfach so war da der Tanner, den ich liebte.

Oder, nicht ganz liebte, glaube ich, aber ... Sie wissen, was ich meine.

Kapitel Sechzehn

„Vielleicht hast du mich missverstanden", sagte Ruby später am Abend, „also werde ich mich klar ausdrücken. Es ist mir eigentlich egal, was beim Lunasa-Fest passiert ist. Wenn es mir wichtig gewesen wäre, denkst du nicht, ich wäre hingegangen?"

Wir standen Schulter an Schulter an der Küchentheke, während ich Karotten schnitt und sie ein Stück Rindfleisch für den Eintopf mit Pfeffer und Gewürzen einrieb.

„Der Grund, warum ich nicht hingegangen bin, war, dass ich schon auf unzähligen Lunasa-Festen war und jedes die üblichen Stadtdramen neu aufwärmt. Einmal, oh, vor zwölf Jahren, hat sich Stu Manchester so heftig mit Anton Gargantua angelegt, dass wir nicht sicher waren, ob einer von beiden es überleben würde. Nur die Erde weiß, worum es überhaupt ging! Die beiden können sich wahrscheinlich nicht einmal selbst daran erinnern. Dann, ein paar Jahre später, hatten zwei Südwindhexen zu viel getrunken und sind im Wald gleich neben der Grünfläche zur Sache gekommen. Sie haben einen Waldbrand ausgelöst, und auch wenn jede Ostwindhexe in der

Stadt helfen musste, hat es sieben Tage gedauert, ihn zu löschen. Wenn ich mich recht erinnere, musste Bloom sogar ein paar Dryaden aus Avalon rufen, um zu helfen." Sie schüttelte den Kopf. "Nein, was auch immer für ein Drama dieses Jahr passiert ist, ich habe kein Interesse daran."

"Selbst wenn es ein Schuldsturm war, der den Hohen Rat getroffen hat?"

Sie erstarrte und reckte dann den Kopf, um mich wütend anzustarren. "*Besonders*, wenn es um einen Schuldsturm geht. Und ich schlage vor, dass du auch deine Finger davon lässt. Widerliche Sache. Du willst nichts damit zu tun haben. Vertrau mir."

"Ich habe nicht wirklich eine Wahl", sagte ich.

"Natürlich hast du eine Wahl!", schimpfte Ruby.

Ich schnitt die Karotten fertig und warf sie in den Topf, dann machte ich mit einer Zwiebel weiter. "Ich weiß schon, wer es getan hat, also —"

"Großartig! Dann lass Seamus es selbst rückgängig machen."

"Das würde ich, aber —"

Moment, was?

Ich blinzelte Ruby an. "Woher weißt du, dass es Seamus war?"

Sie würdigte mich kaum eines Blickes, während sie das gewürzte Fleisch mit einem Fleischklopfer bearbeitete. "Bitte! Einfache Schlussfolgerung. Es ist ein Schuldsturm. Die Kobolde sind im ganzen Reich als alte Meister der Schuldgefühle bekannt – und du solltest auch mal sehen, wie sie einen Neidgriff anwenden; das ist wirklich was Besonderes. Die nächste Frage ist also, welcher Kobold so dumm wäre, nicht nur einen Schuldsturm heraufzubeschwören, sondern ihn auch noch gegen den Hohen Rat zu richten? Nun, es gibt nur eine Person in ganz Eastwind, geschweige denn einen Kobold, der so dumm wäre, sowas zu tun, und das ist ein gewisser Seamus Shaw."

Mir wurde klar, dass mir der Mund offen stand, also klappte ich ihn zu. „Heiliger Zauberspruch. Ich wünschte, ich hätte dich früher gefragt. Das hätte mir eine Menge Ärger erspart."

„Liebes, ich erspare dir gerade eine Menge Ärger, indem ich dir sage, dass du dich nicht einmischen sollst."

„Aber es ist eine Geistersache. Ich bin eine Hexe des Fünften Windes. Wer sonst soll den Fluch brechen?"

„Es gibt nur einen Weg, das herauszufinden, und zwar indem du es nicht selbst tust. Lass jemand anderen einspringen und die Lücke füllen! Ich persönlich sehe keine Eile, den Hohen Rat von dem Fluch zu befreien. Lass sie noch ein bisschen leiden. Es wird sie nicht umbringen."

„Warum bist du so dagegen, dass ich mich darum kümmere?"

Ruby begann, das Stück Fleisch in winzige Stücke zu hacken. „Weil du wie ein Nekromant da rangehst. Ein einzelner Zauber hat viele verschiedene Einstiegspunkte, abhängig von den natürlichen Fähigkeiten desjenigen, der ihn spricht oder beendet. Für Seamus ist das ein sicheres Verfahren. Aber das liegt daran, dass er ihn aus der Perspektive eines Kobolds mit einer ganzen Reihe anderer Fähigkeiten als du angeht. Er hat zwar Macht mit Ahnengeistern, aber nicht per se Totenbeschwörung. Um an sie heranzukommen, musst du den Schleier so durchdringen, dass du tatsächlich in frühere Leben eintauchen kannst, um dorthin zu gelangen."

„Frühere Leben? Sowas gibt's?"

Ruby kicherte und steckte sich ein kleines Stück des rohen Rindfleischs in den Mund. Nachdem sie es gekaut und darüber nachgedacht hatte, schluckte sie, warf den Rest des Rindfleischs in den Topf und sagte: „Natürlich gibt es sowas. Aber wir sind noch nicht einmal annähernd so weit, das Thema anzugehen. Du brauchst mindestens zwei Jahre Unterricht im Umgang mit Geistern aus diesem Leben, bevor du die Schichten sicher abtragen und dich in deine früheren Leben wagen kannst.“

„Ich habe frühere Leben?“

Ruby hob die Hand und tätschelte mir den Kopf. „Jetzt verstehst du es.“

„Hat jeder frühere Leben?“

„Nein. Unsterbliche nicht. Auch nicht diejenigen, die allein durch Glauben ins Leben gerufen wurden. Aber alle Hexen haben sie.“

So viele Fragen. „Und ich habe die Macht, in meine alten Leben zurückzukehren?“

„Natürlich hast du die.“ Sie schnippte mit den Fingern in Richtung Topf, als würde sie Wassertropfen abschütteln, und darunter entzündete sich ein Feuer. „Aber zu sagen, dass ich es nicht empfehle, wäre eine grobe Untertreibung. Du hast ein ziemlich einfaches Leben, Nora. Sicher, du hast gelegentlich eine Begegnung mit einem Geist und vielleicht tun dir die Füße weh, weil du zwei Jobs hast, aber du wirst nicht gefoltert. Du verhungerst nicht. Du bist kein Sklave irgendeiner Art – und glaub mir, es gibt viele Arten. Im Laufe der Jahrhunderte war ein Leben wie deines immer eine Seltenheit, und die Mächtigen erlauben Seelen nicht, mehr als alle paar Dutzend ein solches Leben zu führen. Dieses Leben, das du genießt, ist ein Urlaub. Das kann ich mit Sicherheit sagen. Du denkst vielleicht, du willst wissen, wie es dir in früheren Leben ergangen ist, aber ich kann dir versichern, es ist nichts Schönes. Nicht in den letzten, die du erst einmal durchgehen müsstest, um zu den anderen zu gelangen.“ Sie nickte zum Schneidebrett, über dem mein Messer in der Luft schwebte. „Mach das fertig, bevor das Wasser zu kochen beginnt.“

Ich gehorchte und ließ meine Gedanken reifen, bevor ich sie weiter mit dieser neuen Fähigkeit nervte, die mich überrascht hatte. „Um an den Schuldsturm heranzukommen, muss ich meine früheren Leben besuchen?"

Ruby seufzte. „Natürlich denkst du, dass es so einfach ist. Nein, du musst deine früheren Leben nicht besuchen, wenn du entweder weißt, was du tust – und das tust du nicht – oder sehr viel Glück hast – was nicht nach dir klingt. Was du tun musst, ist *die Tür zu deinen vergangenen Leben öffnen*. Wir haben das noch nicht gemacht, und das aus gutem Grund."

„Ist diese Tür zu öffnen eine schlechte Sache?", fragte ich.

„Sag du es mir, Nora. Ist dir das Öffnen einer Tür jemals auf die Füße gefallen?" Sie lächelte und deutete mit dem Kopf zur Haustür.

Richtig. Das eine Mal, als ich einen Dämon reingelassen hatte. „Das war anders. Ich war abgelenkt, und sie hat dreimal geklopft –"

„Stell es dir so vor: Frühere Leben klopfen immer dreimal. Glaub mir, du willst sie nicht reinlassen." Sie gestikulierte wild mit der Hand in der Luft. „Oder vertrau mir nicht. Was weiß ich schon? Ich bin nur dein Mentor. Ich habe das alles nur selbst durchgemacht. Aber nein, schon gut. Ich bin sicher, du weißt es besser."

Woah. Entweder war diese Sache mit den früheren Leben eine ernste Angelegenheit oder Ruby hatte ihren Morgentee noch nicht bekommen. Sie war unter normalen Umständen schon sarkastisch, aber ihr Ton war heute noch ein bisschen bissiger.

Tatsächlich klang sie besorgt.

„Kannst du mir wenigstens sagen, wo ich herausfinde, wie ich diesen Fluch aufheben kann? Das heißt nicht, dass ich es tun werde, sondern nur, dass ich etwas darüber erfahren möchte."

Sie schnupperte und sah sich um. „Riechst du das?"

„Was meinst du?"

„Ah." Sie nickte. „Das muss der dampfende Haufen Einhornäpfel sein, der dir gerade aus dem Mund gefallen ist. Aber natürlich, du kannst es nachschlagen. Sag nur nicht, ich hätte dich nicht gewarnt." Sie deutete quer durch den Raum auf das Bücherregal neben ihrem Lesesessel. „Das mit dem lila Einband und der weißen Schrift. Seite neunhundertvierzehn, glaube ich."

Als ich sie schnell anblinzelte, sagte sie: „Ich wäre dir dankbar, wenn du nicht jedes Mal so überrascht wärst, wenn ich dir zeige, dass ich weiß, wovon ich spreche. Ich bin dir nämlich ein halbes Jahrhundert voraus. Stell dir also vor, was du alles in den letzten sechs Monaten seit deinem Hinübergehen gelernt hast. Jetzt multipliziere das mit hundert. Und dann multipliziere es mit zwei, denn ich bin klüger als du und habe jeden Tag mehr Zeit damit verbracht, es zu lernen, als ich nach Eastwind gekommen bin."

Ich kehrte ihr den Rücken zu, bevor ich die Augen verdrehte.

Aber sie sprach einen interessanten Punkt an.

Als ich mit dem aufgeschlagenen Buch vor mir am Tisch saß, hielt ich inne. Wie viele Fähigkeiten besaß ich, von denen ich noch nichts wusste? Hunderte? Tausende? Dann fiel mir die ein, die ich am Abend zuvor entdeckt hatte, die Fähigkeit, die Donovans Haut gerettet hatte.

„Ruby, können Hexen des Fünften Windes" – ich suchte nach den richtigen Worten – „Lichter ausschalten?" Nein, das traf es nicht ganz, kam dem aber nahe genug.

Sie klopfte den Holzlöffel an den Rand des Topfes, legte ihn beiseite und drehte sich zu mir um, um mich von der anderen Seite des Raumes aus anzusehen. „Wie bitte?"

„Also, Licht verschwinden lassen. Magisches Licht."

Sie verschränkte die Hände vor sich und ihre Finger miteinander. „Ich glaube, du sprichst vom Löschen. Und ja, extrem mächtige Nekromanten können das ohne große Anstrengung." Selbst aus drei Metern Entfernung machte mich ihr intensiver Blick nervös. „Aber ich sehe keinen Grund, warum du dir darüber Sorgen machen solltest, da du in unserer Ausbildung noch weit davon entfernt bist, zu lernen, wie man Flammen löscht, geschweige denn, wie man in frühere Leben übergeht."

„Richtig. Natürlich." Ich rang mir ein Lächeln ab, und so endete das Gespräch, mit meiner gespielten Gleichgültigkeit und ihrem offensichtlichen Wissen, dass ich definitiv, ohne Zweifel, versehentlich gelöscht hatte, ohne zu wissen, wie man es tat.

Was sie jedoch vielleicht *nicht* wusste, war, wie leicht es mir gefallen und wie selbstverständlich es passiert war, als hätte ich es nicht aufhalten können, selbst wenn ich es gewollt hätte.

Und das war eine Tatsache, die ich für mich behalten würde. Denn so sehr dieses Wissen Ruby beunruhigen würde, es beunruhigte mich noch viel mehr.

Kapitel Siebzehn

Meine Vermutung, dass der Hohe Rat irgendwo in der Nähe der Pergament-Katakomben angesiedelt war, stellte sich als falsch heraus. Soweit ich das beurteilen konnte, befand sich der Hohe Rat genau genommen in der Nähe von jedem beliebigen Ort in Eastwind.

Das erfuhr ich erst, als Grim und ich uns am frühen Nachmittag des nächsten Tages dem Glockenturm in der Mitte des Eastwind Emporium näherten. Auf dem Markt herrschte reges Treiben, und ich winkte einigen Stammkunden zu, als ich auf der Straße an ihnen vorbeiging.

Wir erreichten den Glockenturm und blieben stehen. Das war alles, was Ruby mir gesagt hatte: „Wenn du den Glockenturm erreichst, bist du da.“

Ich hatte angenommen, dass der Zugang ganz offensichtlich sein würde, obwohl ich noch nie zuvor im Emporium einen Eingang zu den Ratskammern gesehen hatte.

„Irgendwelche Ideen?“, fragte ich Grim.

„Eine, aber sie wird dir nicht gefallen.“

Ich stöhnte. *„Du konntest auf dem Weg hierher wirklich nicht pinkeln können?"*

„Ich konnte und habe es getan. Du benimmst dich, als müsste man nur einmal am Tag seine Blase entleeren. Vielleicht ist das bei dir so, und Glückwunsch, aber ich bin nicht so gebaut."

Grim würde mir also keine Hilfe sein. Ich sah mich um, doch erst als ich die Messingtafel unter meinen Füßen entdeckte, ergab alles einen Sinn. Dort stand: „Bitte warten Sie hier bis zu Ihrem Termin. Danke. Der Hohe Rat von Eastwind."

Ich blickte auf und zu den Zeigern der Uhr. Und gerade, als ich das tat, vollendete der Sekundenzeiger eine Runde, und die Uhr schlug vier Uhr – mein Termin.

Ich fühlte mich kurz aus dem Gleichgewicht, als spürte ich ein leichtes Beben unter meinen Füßen, und als ich wieder vom Ziffernblatt hinabblickte, stand der Turm zwar noch vor mir, doch alles andere in meiner Umgebung hatte sich verändert. Ich blickte auf. Der saphirblaue Augusthimmel war verschwunden und durch eine hohe, gewölbte Decke ersetzt worden, die hoch genug war, dass der Uhrenturm sie nicht berührte.

„So funktioniert das also", sagte Grim neben mir. Alle anderen im Emporium waren verschwunden, und jetzt standen nur noch wir in einer hohen Rotunde mit Steinmauern und dem Uhrenturm in der Mitte. Der Raum erstreckte sich in jede Richtung mindestens fünfzehn Meter weit, umgeben von fensterlosen, von der Zeit geglätteten Steinmauern.

„Schön, dass Sie es geschafft haben, Miss Ashcroft", sagte eine Frau. Die Stimme hallte aus vielen Richtungen zu mir herüber, sodass meine Ohren die Quelle nicht orten konnten.

Ich drehte mich um, und da waren sie. Der Hohe Rat. Sieben Mitglieder auf sieben Steinpodesten, jedes drei Meter über dem Boden aufragend, mit Marmortreppen, die sich um die Säulen herumwanden.

Ich nahm an, dass das Ziel Einschüchterung war, aber da ich den meisten von ihnen zum ersten Mal bei einem Kochwettbewerb begegnet war, war das zu wenig und zu spät. Stattdessen bot es mir nur einen guten Blick in ihre Nasenlöcher, sobald ich mich näherte, um meinen Platz auf einer Art Rednerpodest einzunehmen. Das Podest, das für ihre Gäste vorgesehen war, war ein Halbkreis mit einem geschwungenen Geländer an der Vorderseite, das jedem, der das Glück hatte, darauf zu stehen, sagte, dass er dem mächtigen Hohen Rat von Eastwind nahe genug war.

Ich war einmal in der Highschool von der Schülervertretung gerügt worden, weil ich zu oft den Unterricht geschwänzt hatte, nachdem der Rektor es für angemessen gehalten hatte, mich vor eine Jury aus Mitschülern zu stellen, die über meine Strafe entscheiden sollte.

Das hier fühlte sich ein bisschen so an – albern, hauptsächlich zur Schau, erfunden von einer Gruppe von Leuten, deren Bedürfnis nach Überlegenheit so groß war, dass sie sich das hier ausgedacht hatten und alle anderen zwangen, mitzuspielen.

„Danke, dass Sie sich Zeit genommen haben, mich zu treffen“, sagte ich, aber bevor ich fortfahren konnte, stand Liberty Freeman von seinem Platz auf und eilte die Stufen hinunter. Er kam mit ausgebreiteten Armen und einem noch breiteren Lächeln auf mich zu. „Wenn das nicht Lunasas Kochwettbewerbskönigin ist!“ Er winkte mir zu, ihm auf halbem Weg entgegenzukommen, und das tat ich. Die Bitte eines Dschinn abzulehnen, egal wie freundlich er auch wirken mochte, schien mir eine dumme Idee zu sein.

Er schloss mich so fest in seine Arme und drückte mich gegen seine harte Brust, dass ich im Gegenzug nur meine Handgelenke beugen musste und ihm ein paarmal auf den Rücken klopfte.

Er ließ los, packte aber meine Arme direkt unter den Achseln und hielt mich auf Armeslänge von sich weg, um mich betrachten zu können. „Wann kann ich mich auf eine weitere Kostprobe dieses Queso freuen?" Er sprach es falsch aus, aber ich ließ es durchgehen.

„Sobald wir heute alles geklärt haben, denke ich", sagte ich.

Er ließ meine Arme los, klatschte in die Hände und rieb sie aneinander. „Okay! Lasst uns loslegen! Ich habe von dem Zeug geträumt, seit ich es das erste Mal probiert habe."

Als er wieder auf seiner Säule stand und ich an meinen Platz zurückgekehrt war, richtete ich meine Aufmerksamkeit auf die Frau, die auf dem Podest in der Mitte saß: Bürgermeisterin Esperia. Wie bei ihren anderen Ratskollegen – Liberty und Sebastian ausgenommen – war der Schuldsturm noch in vollem Gange, und die Geister schwebten direkt über der Schulter jedes Betroffenen.

Das Rauschen ihrer Stimmen hätte man leicht mit Wind verwechseln können, wären wir nicht in einer fensterlosen Kammer gewesen.

„Ihrer Nachricht zufolge", sagte die Bürgermeisterin, „glauben Sie zu wissen, wer für den Schuldsturm verantwortlich ist, der bestimmte Mitglieder des Hohen Rates getroffen hat. Stimmt das?"

„Ja" – ich war mir nicht sicher, wie ich sie ansprechen sollte, also wählte ich die übliche Anrede für jemanden, der das Bedürfnis verspürt, auf einer erhöhten Plattform zu sitzen – „Euer Ehren". Sie schien mit der Anrede nicht unzufrieden zu sein, also fuhr ich fort. „Ich glaube, die Person, die das getan hat, hat meinen Kochwettbewerbsbeitrag verflucht, um mir die Schuld in die Schuhe zu schieben."

„Sie müssen zugeben", sagte die Bürgermeisterin, „dass es

sehr wahrscheinlich ist, dass alles, was mit Geistern zu tun hat, zu Ihnen zurückführt."

„Das gebe ich zu, und deshalb habe ich mir überhaupt die Mühe gemacht, der Sache nachzugehen."

Quinn Shaw beugte sich vor, um mich über das hohe Geländer seines Throns hinweg besser sehen zu können. „Sie sagten, Sie wissen, wer es getan hat. Möchten Sie uns aufklären? Ich bin mehr als bereit, das hinter mir zu lassen."

Ich vermutete, dass dem Hohen Rat nicht gefallen würde, was ich sagen würde, Quinn Shaw am allerwenigsten, aber was sollte ich tun. Jetzt war es zu spät, einen Rückzieher zu machen. „Bevor ich sage, wer es war, gibt es noch etwas, das Sie wissen sollten."

Graf Malavic neigte den Kopf leicht zur Seite, als er auf mich herabstarrte. Ich wusste, das würde sein Interesse wecken.

„Und das ist?", sagte der Bürgermeister.

„Ich glaube, dass die Person, die den Schuldsturm gewirkt hat, dieselbe Person war, die für den Diebstahl der Goldreserven der Stadt verantwortlich ist."

„Ha!" Graf Malavic warf den Kopf in den Nacken. „Oh, das ist faszinierend." Ich nahm an, dass seine Belustigung teilweise darauf zurückzuführen war, dass er wusste, dass ich nicht direkt mit dem Finger auf ihn zeigen würde. Er könnte keinen Schuldsturm wirken, selbst wenn er es versucht hätte, daher wusste er, dass ich ihn nicht des Golddiebstahls beschuldigen würde.

Bürgermeisterin Esperia kniff die Augen zusammen und lehnte sich so nah an die Kante ihres Podests, dass ich befürchtete, sie könnte herunterfallen. „Sind Sie sicher?"

Ob ich mir sicher war? Ungefähr so sicher wie ich nur über irgendwas sein konnte. Schließlich war ich vor ein paar

Monaten noch sicher gewesen, dass Geister und Werwölfe und Hexen nicht existierten. Doch hier waren wir.

„So ziemlich."

„Dann erklären Sie es uns, Miss Ashcroft."

„Wie Sie sicher wissen, ist das Sheriff Department ein wenig überlastet. Deputy Manchester arbeitet unermüdlich daran, herauszufinden, wer das Gold gestohlen hat, aber er ist nur ein Mann. Sheriff Bloom steckt so tief in Papierkram, dass man befürchten muss, sie könnte darin ersticken, wenn sie nicht unsterblich wäre. Und solange das so bleibt, könnte der Dieb ungestraft davonkommen. Es sei denn, es gibt noch jemanden in der Stadt, der die Sache aufklären kann." Ich wandte mich dem Rat zu und hob die Hände zur Erklärung. „Ich bin zwar nicht der beste Detektiv der Welt, aber in den wenigen Monaten, seit ich in Eastwind bin, habe ich schon ein paar Morde aufgeklärt. Und Sie wissen genauso gut wie ich, dass sich Neuigkeiten hier schnell verbreiten. Ich glaube, der Dieb wollte mich ablenken, damit ich ihm beim Golddiebstahl nicht auf die Spur komme, und das funktioniert am besten, indem er ein Nebenverbrechen inszeniert, das mich zur Verdächtigen macht. Auf diese Weise wäre ich so beschäftigt damit, meinen Namen reinzuwaschen und das Chaos zu beseitigen, dass ich keine Zeit hätte, über das verschwundene Gold nachzudenken. Scheint auf den ersten Blick ein cleverer Plan zu sein." Ich hielt kurz inne. „Aber dadurch hat mir der Dieb selbst die Möglichkeit gegeben, die Verbindung zwischen den Verbrechen herzustellen. Und so konnte ich den Täter im Wesentlichen einkreisen."

„Ooh", sagte ein weiblicher Geist, der hinter der Bürgermeisterin schwebte. „Das ist clever. Ich glaube, du hast deinen Meister gefunden, Cordelia. Aber das sagt nicht viel. Hättest du nur ein bisschen mehr für deine Mancer-Prüfungen gelernt, wärst du vielleicht nicht so oft überlistet worden, und das

Geld, das wir für deine Ausbildung ausgegeben haben, wäre nicht vollkommen verschwendet gewesen.“

Bürgermeisterin Esperia schlug um ihren Kopf herum, als wollte sie eine Fliege verscheuchen und nicht eine tote Ahnin, die ihr Vorwürfe machte.

Während sie abgelenkt war, mischte sich der Graf ein. „Ich nehme an, du bist nicht ganz allein auf diese Theorie gekommen“, sagte er. „Lass mich raten, Ruby True? Nein, ganz bestimmt nicht der Culpepper-Junge. Warte!“, fügte er hinzu und leckte sich die Lippen. „Stringfellow. Er war es, oder? Ich habe gehört, ihr beide seid in letzter Zeit in ein paar … Schwierigkeiten geraten, und er ist ein schlauer Bursche.“

Ich konnte seinen Ton überhaupt nicht ausstehen. „Nein. Keiner von beiden. Es war Landon Hawker, der diese Theorie aufgestellt hat.“

Bürgermeisterin Esperia riss die Augen auf. „Landon Hawker? Der Nordwindhexenmeister aus den Katakomben?“

„Genau der.“

„Gut für ihn. Hat er auch gesagt, wie man den Schuldsturm vertreibt?“

„Einen Moment mal“, unterbrach Darius Pine, während die Geister der Werbären hinter ihm kämpften. „Nora hat immer noch nicht gesagt, wer der Täter ist. Lasst uns das zuerst klären.“

Siobhan nickte, und Octavia schlug mit den Fäusten auf die steinernen Armlehnen ihres Throns und rief: „Arr!“

„Gut, gut“, sagte die Bürgermeisterin genervt. „Bringen wir das hinter uns.“ Sie nickte mir zu, und ich warf einen kurzen Blick auf Quinn, bevor ich sagte: „Es war Seamus. Seamus Shaw.“

„Oh, Katzengold!“, rief Quinn empört. „Mein Junge ist zu dumm, um sowas durchzuziehen, und das wissen wir alle.“

„Hm. Ich hätte gedacht, er wäre aus einem ganz anderen Grund über die Anschuldigung verärgert", murmelte Grim.

„Ich auch."

„Nein", sagte ich, bemüht, ruhig zu bleiben. „Ich bin ziemlich sicher, dass er es war."

„Nicht ohne Hilfe", beharrte Quinn. „Ich vermute, dass dieser nichtsnutzige Lovelace, mit dem er rumhängt, seine Finger im Spiel hatte."

„Lucent?", fragte ich, und Quinn nickte. „Könnte sein. Ich überlasse es Sheriff Bloom, das herauszufinden, wenn sie Seamus verhaftet – was wahrscheinlich in diesem Moment passiert."

„Sie weiß schon davon?", knurrte Bürgermeisterin Esperia. „Sie haben es ihr gesagt, bevor Sie es uns gesagt haben?"

Ach ja, da war diese Spannung. „Sie *ist* diejenige, die in dieser Stadt für Recht und Ordnung zuständig ist."

Darius Pine verdrehte die Augen und rief: „Still, Dad! Ich weiß!" Er presste die Lippen zusammen und blies Luft durch seine runden Nasenlöcher. „Großartig. Lass Sheriff Bloom sich um Seamus kümmern. Kannst du diesen Fluch brechen? Ich ertrage es keinen Tag länger, von meinem Vater und meiner Großmutter gefragt zu werden, wann ich endlich ein nettes Mädchen treffen und eine Familie gründen will."

„Ja, ich weiß, wie man den Fluch bricht." Das war der Moment, vor dem ich mich gefürchtet hatte. Rubys Warnung hallte laut in meinem Kopf nach. Ich wollte die Tür zu meinen früheren Leben nicht öffnen. Noch nicht.

Also würde ich es auch nicht tun.

Ausnahmsweise würde ich Rubys Rat befolgen. Das versehentliche Löschen war eine kleine Warnung gewesen, und ich hatte meine Kräfte schon zu oft so weit ausgelotet, dass ich sie nicht mehr kontrollieren konnte.

„Aber ich werde es nicht für euch tun. Ich bin noch nicht

ausreichend ausgebildet. Es würde mir Dinge abverlangen, die zu gefährlich sind. Seamus jedoch kann es. Wenn er die Fähigkeit hatte, den Zauber zu wirken, hat er auch die Fähigkeit, ihn wieder aufzuheben. Und für ihn wird es bei weitem nicht so gefährlich sein."

Quinn lachte höhnisch. „Du hast offensichtlich nie versucht, Seamus dazu zu bringen, was zu tun, das er nicht will."

„Stimmt, aber ich bin voll und ganz davon überzeugt, dass ihr zu siebent einen Weg finden könnt, ihn auszutricksen und ihn dazu zu bringen, den Fluch aufzuheben."

Malavic genoss das ein bisschen zu sehr, ein Luxus, den er sich dadurch leisten konnte, dass der Schuldsturm keine Wirkung auf ihn hatte. Er verkniff sich ein Grinsen.

„Sie sind hergekommen, nur um uns das zu sagen", sagte der Bürgermeister.

„Persönlich. Ja."

„Und Sie sind absolut sicher, dass Sie den Fluch nicht sofort von uns nehmen können?"

„Nein, ich bin ziemlich sicher, dass ich es könnte, wenn ich es versuchen würde. Ich habe gestern Abend gelesen, wie es geht. Aber ich werde es nicht tun. Weil es zu riskant ist, und was bringen all die langweiligen Unterrichtsstunden, wenn ich einfach ins kalte Wasser springe, bevor ich bereit bin?"

Die Bürgermeisterin räusperte sich und sprach mit Autorität, als sie die Sitzung beendete. „Ich bin froh zu hören, dass Ihnen jemand ein wenig Vernunft beigebracht hat, Miss Ashcroft, ob es nun Ruby True oder Oliver Bridgewater war. Ihre Lektionen scheinen zu wirken, und das ist alles, worauf der Zirkel hoffen kann."

„Wir haben schon darüber gesprochen", sagte Darius, „keine Vermischung von Zirkelangelegenheiten mit Angelegenheiten des Hohen Rates. Das eine ist eine von der Regierung genehmigte Einrichtung und das andere nicht."

„Genau genommen", warf Liberty ein, „ist der Begriff ‚von der Regierung genehmigt' bedeutungslos, da die Regierung an sich nichts anderes als eine gemeinsame Idee von Leuten ist und Ideen nichts genehmigen können. Nur die Leute können das tun."

„Nicht schon wieder", stöhnte Sebastian Malavic. „Deine regierungsfeindliche Einstellung gehört zu den langweiligsten Dingen, die ich je erlebt habe, und ich war beim Dreißigjährigen Kongress dabei, bei dem die Satzung von Eastwind verabschiedet wurde. Muss ich dich daran erinnern, dass du Teil der Regierung bist, die du so verabscheust?"

„Nur weil *jemand* im Namen des Volkes sprechen muss."

„Wir *alle* sprechen im Namen des Volkes", stöhnte Siobhan. „Wir sind gewählte Amtsträger. Wer, glaubst du, wählt uns?"

Liberty beugte sich vor, um an Malavic, Esperia und Shaw vorbeizusehen, während er auf Siobhan zeigte. „Ich weiß genau, wer uns wählt. Ein Volk, das in seinem Leben noch nie Sklaverei erlebt hat und nicht versteht, dass wir immer nur ein paar unüberlegte Gesetze davon entfernt sind, dorthin zurückzukehren!"

Während Liberty und Siobhan weiter Salven austauschten, beugte sich Bürgermeisterin Esperia vor und sagte: „Ich werde mich bei Sheriff Bloom melden, und falls wir noch etwas von Ihnen brauchen, Miss Ashcroft, werden wir Sie auf jeden Fall informieren."

Epilog

„Noch eine Portion Queso", sagte Tanner, als er in die Küche gerauscht kam, und steckte die Bestellung für Anton ins Drehkreuz.

Wir hatten die Vorspeise erst seit drei Tagen auf der Karte, und schon weigerte sich Anton, sich damit zu befassen, und sagte in aller Deutlichkeit, dass er es satthätte, den heißen Käse umzurühren, während er versuchte, alles andere zu kochen.

„Ich glaube, ich habe mir einen Muskel im Unterarm gezerrt", sagte ich, tauchte die Schöpfkelle in den Kessel und verzog das Gesicht, während ich mein Handgelenk drehte, um es in eine kleine Schüssel zu gießen. „Ich musste noch nie so viel Queso in so kurzer Zeit servieren."

Tanner näherte sich der neu errichteten Queso-Station in der Küche. „Es gibt schlimmere Probleme als zu viele gierige Kunden." Ich reichte ihm die Schüssel, und er stellte sie auf sein Tablett.

Natürlich hatte er recht. Ein schlimmeres Problem, das mir sofort in den Sinn kam, wäre, ein weiteres Geisterverbrechen in

Eastwind aufklären zu müssen. Dafür hatte ich im Moment einfach keine Zeit. Nicht mit den Überstunden, die ich machte, weil ich Janes Schicht übernehmen musste, während sie und Ansel auf Hochzeitsreise waren, und der Erschöpfung durch die Leute, die *más queso* wollten.

Dann waren da noch meine Unterrichtsstunden bei Ruby, die geradezu brutal geworden waren. Es war offensichtlich, dass meine Frage, was das Löschen anging, sie darauf aufmerksam gemacht hatte, dass ich es versehentlich getan hatte. Oder vielleicht lag das erhöhte Pensum daran, dass sie wusste, dass ich einmal ihren Rat angenommen und nicht in die Magie vergangener Leben eingetaucht war, so ziemlich alles war, was sie sich erhoffen konnte, und ich wahrscheinlich kein zweites Mal auf sie hören würde.

(Sie hatte nicht Unrecht.)

Aber, süßes Baby-Jackalope, machte diese Frau mich fertig!

Und an den Abenden, an denen sie mich nicht quälte, übernahm Oliver.

Offenbar hatte Bürgermeisterin Esperia direkt mit meinem nerdigen Tutor gesprochen und ihn gebeten, weniger aus Büchern zu lernen und mehr praktische Übungen zu machen. Die Tatsache, dass sich die Bürgermeisterin die Zeit genommen hatte, direkt mit ihm zu sprechen, hatte dem armen Kerl Angst gemacht, und ich bin mir nicht sicher, ob er seitdem während unseres Unterrichts auch nur einmal geblinzelt hatte.

Aber erst vor wenigen Augenblicken hatte Oliver eine Eule mit einer Nachricht ins Medium Rare geschickt, in der er schrieb, er sei krank und müsse unseren Unterricht an diesem Abend absagen. Das bedeutete, dass ich endlich einen Abend freihatte. Und ich wusste genau, was ich damit anfangen wollte.

Tanner kam wieder in die Küche. „Noch einen Queso", grunzte er.

Als ich ihn servierte, sagte ich: „Hey. Oliver hat abgesagt."

„Was?" Er sah mich an, als würde er durch mich hindurchsehen. Armer Kerl. Ich glaube nicht, dass er jemals so hart hatte arbeiten müssen. Er blinzelte. „Oh, das freut mich für dich." Dann steckte er Anton die Bestellung ins Drehkreuz.

„Mir ist aufgefallen, dass ich deine Überraschung nie bekommen habe."

Er schüttelte schnell den Kopf und blinzelte mich an, als hätte er keine Zeit dafür. „Welche Überraschung?"

„Die, die du nach Lunasa geplant hattest. Du hast gesagt, sie wäre da, wann immer ich sie will. Also", ich hielt ihm die kleine Schüssel entgegen, aber nicht weit genug, sodass er zu mir kommen musste, um sie zu holen, „ich hätte sie gern heute Abend."

Das war der Moment, an dem er mich hätte küssen sollen. Natürlich. Küss mich, dann hol den Queso. So schwer ist es nicht.

Aber das Flirten war einseitig. „Kann nicht. Werde hier erst um ein Uhr rauskommen und muss um fünf zurück sein. Vielleicht ein andermal." Er nahm die Schüssel, schaufelte Chips auf den Teller und verschwand in den Gastraum.

Soll ich da was hineininterpretieren?

Das konnte ich definitiv ohne große Anstrengung. Ich konnte viel aus seinem Desinteresse herauslesen. Aber ich würde es nicht tun.

Ich würde emotional reif damit umgehen. Wir waren beide überfordert. Leute gingen unterschiedlich mit Stress um.

Es ging definitiv nicht darum, dass ich immer noch nicht ganz erklärt hatte, warum Donovan und ich ohne ihn im Sheehan's gewesen waren.

Ich eilte aus der Küche, bevor Tanner eine weitere Queso-

Bestellung aufgeben konnte, und ich in einer Endlosschleife des Portionierens steckenblieb.

Während ich meine Runde machte, meine Tische überprüfte, Kaffeetassen nachfüllte und Komplimente für unser preisgekröntes Gericht entgegennahm, kam Grim herein. Er sah mitgenommen aus, und Sheriff Bloom und Deputy Manchester folgten dicht hinter ihm.

„Sheriff Bloom!", sagte ich. „Guten Morgen. Was für eine Freude, Sie nicht im Büro zu sehen."

Sie strahlte. „Was für eine Freude, nicht im Büro zu sein."

Ich räumte leere Teller von der Theke und schuf den beiden einen Platz zum Sitzen, während Grim zu seinem üblichen Platz hinter der Theke trottete.

„Alles klar mit deinem Vertrauten", sagte Stu, als ich ihnen beiden eine Tasse Kaffee einschenkte.

„Das weiß ich zu schätzen", antwortete ich. „Er wurde langsam ein bisschen wie *Lady Macbeth* und die Fanfiction zu *Das Verräterische Herz*." Stus fragend hochgezogene Augenbraue erinnerte mich daran, dass hier niemand meine Anspielungen verstand. „Schon gut. Ein Witz aus der alten Welt. Wie auch immer, ich weiß es zu schätzen."

„Es war mir ein Vergnügen."

Sheriff Bloom beugte sich vor. „Das war es wirklich. Das konnte ich sehen. Seamus dazu zu bringen, sich die Mühe zu machen, den Zauber auf Grim rückgängig zu machen, war auf eine nicht ganz so pure Weise unterhaltsam." Sie lehnte sich wieder zurück. „Das nehme ich zumindest an." Sie zwinkerte mir zu.

Ich deutete von Stu auf Gabby. „Kirschkuchen und ...?"

„Eigentlich", sagte Stu, bevor Sheriff Bloom antworten konnte, „sind wir wegen des Queso hier. Ich habe Gabby erzählt, wie toll er ist, und sie bestand darauf, dass wir vorbeikommen."

Bloom sagte: „Es *ist* sicher, oder?"

Ich zuckte die Achseln. „Solange Sie keine Laktoseintoleranz haben, können Sie davon essen, so viel sie möchten."

Als ich einen Moment später damit zurückkam, stellte ich die Schale zwischen sie und sagte: „Geht aufs Haus." Ich war ihnen was für ihre Hilfe schuldig. Oder, nein, eigentlich schuldeten sie mir was für meine Hilfe.

Wie auch immer, das war eher Bestechungs-Queso als Dankbarkeits-Queso. Weil ich alles wissen wollte.

Ich wartete, bis Gabby den ersten Bissen probierte, sah, wie sie ihre Augen aufriss, bevor sie sie verdrehte. Es war eine ziemlich typische Reaktion. „Ich habe mich gefragt", sagte ich und nutzte die Gelegenheit, als sie in den Queso-Rausch fielen, „hat Seamus es allein gemacht?"

Sheriff Bloom antwortete mit vollem Mund. „Natürlich nicht. Lucent und Slash waren auch dabei. Sie haben ihren neuen Reichtum nur nicht so zur Schau gestellt."

Ich war nicht überrascht. „Lucent war vorher nicht gerade knapp bei Kasse."

„Und Slash ist mit seiner Streitlust eher eine Bürde", fügte Bloom hinzu, „aber er ist kein Idiot. Er hat Seamus weiter die Rechnung bezahlen lassen. Dabei hat Slash sein Geld in den Deadwoods gehortet, wo niemand es finden würde."

„Sie hat das Beste ausgelassen", fügte Stu hinzu und legte den Kopf in den Nacken, um noch einen Chip in seinen Mund zu werfen. Er kaute darauf herum, stöhnte und sah mich dann an. „Ich weiß nicht, was du dem Hohen Rat gesagt hast, aber wir sind dir was schuldig. Diese geizigen Politiker haben gerade den Haushalt geändert, um das Budget für einen weiteren Deputy zu genehmigen."

„Whoa, was du nicht sagst!"

Gabby Bloom nickte glücklich. „Jetzt müssen wir nur noch irgendeinen ahnungslosen Narren in dieser Stadt finden, der es liebt, zu viel Verantwortung, zu wenig Macht und keinen Ruhm zu haben.“

„Hey, Tanner!“, rief Stu, als Tanner vorbeiging.

„Hm?“ Tanner drehte sich um und suchte nach der Quelle der Stimme. „Oh, hey, Deputy.“ Er lächelte breit und fügte hinzu: „Und Sheriff! Schön, Sie zu sehen. Wie finden Sie den Queso?“

„Der sollte illegal sein.“ Sie grinste. „Aber ich bin froh, dass er das nicht ist.“

„Interessierst du dich noch immer für die Strafverfolgung?“, fragte Stu.

Mein Kopf schwankte zwischen Stu und Tanner hin und her. Was? Interesse an der Strafverfolgung? Davon hatte ich noch nie gehört. Vielleicht hatte er mit jemand anderem gesprochen.

Tanner kicherte. „Gehst du endlich in Rente? Wird aber auch Zeit.“

Während Gabby ein Lachen unterdrückte, sagte Stu: „Noch nicht. Aber wir stellen bald einen zweiten Deputy ein. Dachte, ich könnte mich ein bisschen umsehen.“

„Ah.“ Tanner nickte langsam.

„Er hat schon einen Job, Stu“, sagte ich. „Und der ist ein bisschen sicherer als die Arbeit bei der Polizei.“

„Aber nicht so lustig“, antwortete der Deputy, und ich bemerkte, dass Tanner nickte. „Und wenn wir zu zweit sind, ist die Arbeitsbelastung für alle geringer, und wir können verdammt viel mehr von den lustigen Sachen machen.“

Tanner klemmte sich das leere Tablett unter den Arm und starrte an die gegenüberliegende Wand. Ein Grinsen huschte über sein Gesicht. Dann blinzelte er, und dieses benommene Desinteresse kehrte zurück. „Keine Ahnung. Ich habe ziemlich hart gearbeitet, um das Medium Rare zu dem zu machen, was es heute ist. Na ja, nicht so hart wie Nora.“ Er lachte unbehaglich. „Wenn ich so darüber nachdenke, schätze ich, dass die Umsatzsteigerungen mit den Änderungen an der Speisekarte und der Einführung des Queso so ziemlich ihr alleiniger Verdienst sind." Er verstummte, dann fügte er schnell hinzu: „Darüber müsste ich nachdenken."

Die Tatsache, dass er es überhaupt in Betracht zog, machte mich sprachlos.

„Gut", sagte Stu und klopfte Tanner auf die Schulter. „Ich melde mich, wenn wir Bewerbungen entgegennehmen." Deputy Manchester wandte sich mir zu. „Was ist mit dir? Dir scheint es Spaß zu machen, bis zum Hals durch ungelöste Rätsel zu waten. Hast du je daran gedacht, dafür bezahlt zu werden?"

„Gott nein!", blaffte ich. Whoops. *Reiß dich zusammen, Nora.* „Ich meine nur, ich arbeite gern hier. Und um ehrlich zu sein, denke ich, dass Rätsel zu lösen mehr Ärger bringt, als es wert ist."

„Hört hört!", sagte Stu und hob seine Kaffeetasse.

„Ich bin froh, dass ihr bald jemanden einstellt", fügte ich hinzu. „Hoffentlich kann ich dann einen weiten Bogen um das Aufklären von Verbrechen machen."

„Verstanden. Aber wenn einer von euch seine Meinung ändert, lasst es uns wissen."

„Danke", sagte ich sarkastisch.

„Danke", sagte Tanner aufrichtig.

„Und es gibt noch bessere Neuigkeiten", sagte Sheriff Bloom. Wir haben das Gold gefunden. Oder was davon übrig war, nachdem Seamus es mit vollen Händen ausgegeben hat, Malavic ist glücklich, also macht mich das glücklich."

Stu nickte ernst. „Das Letzte, was wir jetzt brauchen, ist ein Vampir, der in dieser Stadt das Gesetz in seine eigenen Hände nimmt."

„Also sind die drei im Gefängnis?", fragte ich.

Gabby nickte. „Ja. Warten auf den Prozess."

„Und dann werden sie nach Ironhelm geschickt?"

„Wenn sie für schuldig befunden werden."

„Für wie lange?"

Sie zuckte die Achseln. „Wahrscheinlich nur ein paar Jahre. Ironhelm ist überfüllt. Wenn das Verbrechen nicht gerade Mord ist, bleibt niemand lange dort."

Ein paar Jahre.

Ich musste es akzeptieren.

Aber die Realität war, dass ich aufhören musste, Eastwinder nach Ironhelm zu bringen. Irgendwann würden sie freigelassen werden, und wenn sie wütend darüber waren, dass sie in dem berüchtigten Gefängnis einsitzen mussten, an wem würden sie sich dann rächen wollen? Genau. An mir.

Wenn das mal keine Motivation war, ein paar ernsthafte Verteidigungszauber zu lernen.

Als Tanner sich wieder ins Getümmel stürzte und Sheriff Bloom und Deputy Manchester ihre volle Aufmerksamkeit dem Essen vor sich widmeten, während Grim laut zu meinen Füßen schnarchte, genoss ich die Szene im Gastraum. Hyacinth Bouquet plauderte mit ihrem Mann, der nickte, während er den Blick auf die heutige Ausgabe der Eastwind Watch gerichtet hielt. Ted nippte an seinem Kaffee in der Ecknische, seine Sichel lehnte neben ihm an der Wand, während er ein Kreuzworträtsel löste. Wohin ich auch blickte, waren zufriedene Kunden. Vielleicht hatten sie Komplikationen in ihrem Privatleben, aber das sah man ihnen jetzt nicht an. Ich hatte eine Rolle dabei gespielt, das zu ermöglichen. Wir hatten beide eine Rolle dabei gespielt, Tanner und ich.

Eine Frage, über die ich in der letzten Woche immer wieder gerätselt hatte, kehrte in den Vordergrund zurück. Wäre ich glücklich, wenn ich schwören würde, mich nicht nochmal in Ermittlungen hineinziehen zu lassen? Wenn ich stattdessen all meine Energie darauf konzentrieren würde, das Medium Rare so gut wie möglich zu führen, um der Gemeinde zu dienen, die mich willkommen geheißen hatte, als ich nirgendwo anders hingehen konnte?

Ich kicherte leise in mich hinein, weil ich die Antwort sofort wusste. ☾

Ende von Buch 4

Über die Autorin

Nova Nelson ist mit einem literarischen Speiseplan aus Agatha-Christie-Romanen aufgewachsen. Sie liebt die intellektuellen Reize dieser Romane und schreibt paranormale Geschichten, seit sie das Schreiben gelernt hat. Diese beiden Lieben treffen in ihrer Eastwind-Hexen-Reihe aufeinander, und es ist an der Zeit, dass sie das selbst zugibt.

Wenn sie nicht gerade mit dem Schreiben beschäftigt ist, genießt sie lange Spaziergänge mit ihren eigensinnigen Hunden und isst Frühstück zum Abendessen.

Sagen Sie Hallo:
    nova@novanelson.com

Cozy Coven

Sie sind eingeladen ...

Oder tippen sie hier, um an den Feierlichkeiten teilzunehmen!

https://www.eastwindwitches.com/cozy-coven